Gefährliche Untiefen

Ein Henry du Valle Roman

Im Herbst 1799 kommt der frischgebackene Captain Henry du Valle endlich in die Heimat zurück. Aber ein Kriegsgerichtsverfahren könnte das jähe Ende seiner bisher so erfolgreichen Karriere bedeuten. Als er dann schließlich zu seiner Frau zurückkehrt, erwartet ihn ein weiterer Schicksalsschlag. Doch der Dienst in der Royal Navy gibt ihm kaum Zeit für sein Privatleben. Im Auftrag seines Königs muss er immer wieder hinaus auf See.

Die Henry du Valle Romane:

Band 1   Korsaren und Spione

Band 2   Korsaren in der Ostsee

Band 3   Verrat vor der Korsarenküste

Band 4   Die Festung des Paschas

Band 5   Freibeuter und Verräter

Band 6   Gefährliche Untiefen

Mirco Graetz

Gefährliche Untiefen

Ein Henry du Valle Roman

Bibliografische Information der Deutschen Nationalbibliothek:
Die Deutsche Nationalbibliothek verzeichnet diese Publikation in der Deutschen Nationalbibliografie; detaillierte bibliografische Daten sind im Internet über http://dnb.dnb.de abrufbar.

© 2024 Mirco Graetz

Lektorat: Ulli Donner

Verlag: BoD · Books on Demand GmbH, In de Tarpen 42,
22848 Norderstedt
Druck: Libri Plureos GmbH, Friedensallee 273,
22763 Hamburg

ISBN: **978-3-7693-1566-0**

1

Ein erster Ausläufer der Herbststürme peitschte über die Keltische See[1] und türmte die Wassermassen zu hohen Brechern auf. Immer wenn seiner Majestät Fregatte *Valletta* von einem Wellenkamm in das dahinterliegende Tal stürzte, wurde das Deck überspült. Das Wasser lief dann durch die Grätings[2] und die Niedergänge in die darunterliegenden Decks, so dass es kaum noch einen trockenen Platz an Bord gab.

Captain Henry du Valle hatte sich gemeinsam mit dem Quartermaster[3] und seinem Maat am Steuerruder festgebunden, um nicht über Bord gespült zu werden. Schon fast einen ganzen Tag standen sie so und hielten das Schiff auf Kurs. Inzwischen hatten sie längst keinen trockenen Faden mehr am Leib. Von Zeit zu Zeit brachte Jeeves, Henrys Steward, trockene Tücher, die sie sich um den Hals banden, damit nicht noch mehr Wasser durch den offenen Kragen eindrang, doch bereits nach wenigen Minuten waren sie schon wieder klatschnass.

Ab und zu brachte Jeeves auch eine Kanne mit heißem Kaffee. Für einige Minuten umklammerten die Männer dann mit ihren klammen Fingern die Zinnbecher, in die Jeeves das belebende Getränk eingoss, doch sobald sie es

---

[1] Das Seegebiet zwischen der Südküste Irlands, Wales, Cornwall und der Westküste der Bretagne
[2] Ein hölzerner Gitterrost zur Abdeckung der Luken, durch den Licht und Frischluft in die unteren Decks gelangt.
[3] Hier ein Unteroffizier, der die Rudergänger beaufsichtigt

trinken wollten, hatte sich der Kaffee längst mit der salzigen Gischt vermischt und schmeckte nicht mehr sonderlich gut.

Mr. Hardy kam aus dem Kartenhaus geschlurft. „Was gibt es?", fragte Henry durch den Sturm schreiend. „Sir, das Barometer steigt, ganze drei Strich in der letzten halben Stunde", schrie Mr. Hardy zurück. Henry nickte verstehend und der Master schlurfte zurück in das Kartenhaus. Der Master[4] war für Henry eine von vielen Enttäuschungen, die er aus Port Mahon mitgebracht hatte. Nachdem Lord Keith fast unmittelbar nach Henry du Valles Beförderung zum Vollkapitän[5] die Anker gelichtet hatte, um den französischen Admiral Bruix auf seinem Rückzug nach Brest zu verfolgen, hatte ein ältlicher Kapitän das Kommando in Port Mahon übernommen. Dieser hatte die Offiziers- und Deckoffiziersposten auf der *Valletta* an Männer vergeben, denen er entweder einen Gefallen schuldete, oder die ihm eine finanzielle Aufmerksamkeit hatten zukommen lassen.

Da nun die mehr oder weniger erfahrenen Offiziere an Bord nicht viel taugten, war Henry froh, zumindest alle seine Offiziersanwärter auf die *Valletta* mitgenommen zu haben. Mr. Lewis war als Steuermannsmaat[6] ein zuverlässiger Wachoffizier, Mr. Nutton ein ausgezeichneter Signal-

---

[4] Der für die Navigation zuständige Decksoffizier
[5] In der Marine wurde jeder Kommandant aus Höflichkeit Captain genannt, ein Vollkapitän (oder englisch Post Captain) bekleidet diesen Rang tatsächlich.
[6] Gehilfe des Masters

fähnrich und auch Mr. Walters flößte Henry mehr Vertrauen ein als die beiden Leutnants, die ihm an Bord geschickt worden waren. Da passte es ins Bild, dass sich beide erst bei ihm meldeten, nachdem die, wieder vollgetakelte, *Valletta* aus der Werft verholt worden war. Aber immerhin konnten seine Midshipmen[7] und selbst der kleine Mr. Riker so eine Menge über die Takelung eines Vollschiffs lernen. Zum Glück war wenigstens der Bootsmann ein halbwegs passabler Fachmann, so dass nicht alle Arbeiten an Henry hängen blieben. Insgesamt hatte die *Valletta* nur eine Notbesatzung an Bord, so dass die Fregatte kaum in der Lage war, sich gegen Angreifer zu verteidigen.

Neben seinem Offiziersnachwuchs hatte Henry seinen Steward Jeeves, den Bootssteurer Charlie Starr, sowie die Vollmatrosen Sean Rae, Giorgio und O'Brian von der *Mermaid* mitgenommen. Die drei Vollmatrosen setzte Henry vornehmlich im Ausguck ein, denn neben hervorragender Seemannschaft zeichneten sie sich auch durch ungewöhnlich scharfe Augen aus.

Während Henry die ganze Zeit des Sturms an Deck verbrachte, hatte sich Mr. Hardy wegen seines Rheumas ins Kartenhaus verkrochen und die beiden Leutnants lagen vermutlich betrunken in ihren Schwingkojen, falls ihnen der Zahlmeister keine weitere Flasche Branntwein gegen einen Schuldschein verkauft hatte. Henry schüttelte sich angewidert. Diese beiden Subjekte würden mit Sicherheit kein Bordkommando mehr bekommen. Zum Glück waren alle Posten an Bord nur vorläufig besetzt worden. Erst in

---

[7] Offiziersanwärter nach mindestens drei Jahren Dienstzeit

Portsmouth würde die *Valletta* ihre etatmäßige Besatzung erhalten.

Immerhin hatte sich der Master nicht geirrt. Der Sturm schien tatsächlich nachzulassen, stellte Henry befriedigt fest. Bald würde er seinen Posten verlassen und unter Deck gehen können, denn unmittelbare Gefahr bestand nicht mehr.

Allerdings war es dringend geboten, eine verlässliche Positionsbestimmung durchzuführen. Mr. Hardy hatte zwar seit der letzten Positionsbestimmung einen gegissten[8] Kurs in die Seekarte eingezeichnet, doch Henry war hinsichtlich seiner Fähigkeiten skeptisch. So war es ihm mehr als willkommen, als kurz vor Mittag die Wolkendecke aufriss.

Befriedigt stellte Henry fest, dass die jungen Gentlemen[9] ganz von allein auf das Achterdeck kamen, um die Sonne zu „schießen". Auch Mr. Hardy kroch aus seinem Kartenhaus. Henry schickte Mr. Riker unter Deck, rasch seinen Sextanten zu holen, denn heute wolle er sich persönlich an der Positionsbestimmung beteiligen.

Geduldig warteten die Männer, dass die Sonne ihren Zenit erreichte. Dann setzten sie ihre Sextanten an und stellten die Spiegel ein, bis ihre Bilder übereinanderlagen. Anschließend wurden die Gradzahlen abgelesen, um den erhöhten Standort auf dem Achterdeck korrigiert und die Breite ermittelt. Da die Messung freihändig erfolgte,

---

[8] Anhand von Geschwindigkeit und Kompass angenommener Kurs.
[9] Verbreitete Bezeichnung für die Offiziersanwärter

konnte es hier immer Abweichungen zwischen den einzelnen Ergebnissen geben, zumal die Dünung noch immer sehr stark war. Eindeutiger war da die Ermittlung des Längengrads, die durch die Differenz aus der gemessenen Ortszeit und der Uhrzeit laut dem Bordchronometer erfolgte. Erstaunlicherweise lagen alle Werte recht dicht beieinander, der Master und Henry stimmten sogar exakt überein.

Henry beschloss deshalb, ihren Wert für die Positionsbestimmung zugrunde zu legen. Als der Master das Ergebnis in der Karte einzeichnete, stellte Henry befriedigt fest, dass sich die *Valletta* fast genau auf halbem Wege zwischen den Scilly-Inseln und Ushant[10] befand. Damit würde die *Valletta* ganz bequem in den Kanal einlaufen. „Mr. Hardy, lassen Sie Kurs fünfundsiebzig Grad steuern", befahl Henry. Auf diesem Kurs würde er bei guter Sicht einen Blick auf das ferne Guernsey werfen können. Dort war er geboren worden und auch wenn seine Heimat inzwischen Kent war, so spürte er in diesem Moment eine starke Sehnsucht nach der alten Heimat, wo seine Familie noch immer lebte.

„Aye Sir, fünfundsiebzig Grad", bestätigte der Master und riss Henry aus seinem Tagtraum. Der Sturm war inzwischen deutlich abgeflaut, so dass Henry guten Gewissens das Achterdeck verlassen konnte. Mr. Lewis übernahm die Wache. Bei ihm war die Fregatte in sicheren Händen.

In seiner Tageskajüte legte Henry das Ölzeug ab und wollte dann auch die darunter befindlichen, völlig durchnässten, Kleidungsstücke ausziehen. Doch die Kleidung

---

[10] Englische Bezeichnung für die französische Insel Ouessant

klebte so fest an seinem Körper, dass ihm Jeeves helfen musste. Anschließend trocknete sich Henry mit einem Tuch ab und zog sich frische Kleidung an. Jeeves servierte ihm eine warme Mahlzeit, doch Henry aß nur wenig davon, denn er war so müde, dass er nur noch schlafen wollte. Kaum lag er in seiner Schwingkoje, begab er sich schon in das Reich der Träume.

„Sir, wachen Sie auf. Segel in Sicht", sagte Mr. Riker, der zugleich an Henrys Arm zog. Bei den Worten „Segel in Sicht" war Henry sofort hellwach. Er stand auf und zog sich an. Dabei merkte er, dass der Seegang deutlich nachgelassen hatte. An Deck erwartete ihn Sonnenschein und eine steife Brise aus Südost. Dem Stand der Sonne nach zu urteilen hatte er höchstens eine Stunde geschlafen.

„Sir, der Ausguck meldet ein Segel an Steuerbord voraus", sagte Mr. Lewis. Henry blickte in die angegebene Richtung, konnte aber vom Achterdeck aus nichts sehen. Er ging nach vorn zum Fockmast und enterte auf. Auf der Fockbramsaling erwartete ihn Giorgio. „Sir, zwei Masten dort", sagte Giorgio und streckte seinen Arm aus. Tatsächlich, rund fünf Seemeilen voraus kam ihnen eine Brigg[11] entgegen. Henrys Herz setzte kurz aus. Er kannte dieses Schiff.

2

Es war tatsächlich die *Clinker*[12], seine gute alte *Clinker*, die ihnen entgegenkam. Henry enterte ab und kehrte auf das

---

[11] Zweimastiges Schiff mit Rahsegeln an beiden Masten.
[12] Siehe Band 2 – Korsaren in der Ostsee

Achterdeck zurück. „Mr. Nutton, setzen Sie das heutige Geheimsignal. Unsere Kennung wird in diesem Teil der Welt noch niemand kennen", befahl er. Der Midshipman hatte diesen Befehl bereits erwartet, weshalb das Signal wenig später am Besanmast auswehte. Da es dort für ein entgegenkommendes Schiff nur schlecht zu sehen war, ließ Henry die *Valletta* beidrehen. Die *Clinker* antwortete mit dem korrekten Antwortsignal. Dann holte sie die Signalflaggen ein und hisste ein weiteres Signal. „Sir, Feind in Sicht", meldete Mr. Nutton.

„An Deck! Noch ein Segel", meldete Giorgio nun. „Mr. Walters, entern Sie auf und sagen Sie mir, was Sie sehen", befahl Henry nun. „Ein Vollschiff[13], vermutlich eine Fregatte", meldete Mr. Walters kurz darauf. Normalerweise wäre das für Henry kein Problem gewesen, doch die augenblickliche Stärke seiner Besatzung ließ kein reguläres Gefecht mit einer Fregatte zu. Er konnte nur eine Breitseite pro Seite abfeuern lassen, da die Kanonen ja bereits geladen waren. Anschließend reichte die Besatzungsstärke maximal für acht Kanonen. Die einzige Chance bestand darin, sich die Feuerkraft *der Clinker* zunutze zu machen, deren Breitseiten aus jeweils fünf Achtzehnpfünder-Karronaden[14] bestanden.

Henry ließ die *Valletta* wieder Kurs auf das herankommende Kriegsschiff nehmen und der *Clinker* „in Kiellinie folgen" signalisieren. Die *Clinker* bog auf die Kiellinie der

---

[13] Als Vollschiff wird ein Segelschiff mit drei vollgetakelten Masten bezeichnet.
[14] Leichte Kanone mit kurzem Lauf und geringer Reichweite, die sehr große Kaliber hatte.

Valletta ein. Vom Achterdeck aus sah Henry, wie das unbekannte Schiff langsam über die Kimm kam und sich dann rasch näherte, da beide Schiffe aufeinander zu hielten. „Mr. Lewis, lassen Sie Klarschiff zum Gefecht machen", befahl Henry nun.

Sofort setzte hektische Betriebsamkeit ein. Die Wände von Henrys Quartier wurden entfernt und die wenigen Möbel unter Deck getragen. So entstand ein durchgehendes Batteriedeck. Auf der *Valletta* waren das dreizehn Zwölfpfünder auf jeder Seite. Hinzu kamen noch zwei Sechspfünder auf der Back und vier Sechspfünder auf dem Poopdeck. Einige Männer trugen die Pulverkartuschen aus der Pulverkammer zu den Kanonen. Normalerweise war das die Aufgabe der Pulveräffchen genannten Schiffsjungen, doch zur Notbesatzung der *Valletta* gehörten keine Schiffsjungen. Schließlich gingen alle Männer auf ihre Gefechtsstationen. Da die *Valletta* mit so wenigen Männern unterwegs war, wurden zunächst nur die Kanonen besetzt. Das waren theoretisch zwei Mann pro Kanone. Da Henry aber verhindern wollte, dass der Feind etwas von seiner personellen Notlage erfuhr, ließ er die Kanonen auf der Back und dem Poopdeck regulär besetzen und für die restlichen Geschütze blieb nur noch je ein Mann übrig, von denen die Hälfte im Falle eines Kurswechsels zur Bedienung der Segel abgestellt werden mussten.

„Schiff bereit zum Gefecht", meldete Mr. Lewis nach zwanzig Minuten. Nach dem Standard der Navy war das ein katastrophal schlechter Wert, doch unter den gegebenen Umständen musste das Henry du Valle hinnehmen. „Danke Mr. Lewis", sagte Henry. Dann stutzte er und fragte sich umschauend: „Aber wo sind Leutnant Faucon und Leutnant O'Hara?" „Ich vermute, sie befinden sich noch in der Offiziersmesse", antwortete Mr. Lewis. Nun wandte sich Henry an den Master und sagte mit sarkastischem Unterton: „Mr. Hardy, würden Sie die Gentlemen bitte darüber informieren, dass ihre Anwesenheit an Deck dringend erwünscht ist."

Wenig später kehrte Mr. Hardy zurück und erklärte: „Die Gentlemen lassen sich entschuldigen, Sir. Sie sind indisponiert." „Sie sind was?", fragte Henry völlig entgeistert, „Haben Sie die Gentlemen darüber informiert, dass wir in ein Gefecht gehen?" „Ja, Sir, doch das schien sie nicht weiter zu interessieren", stammelte der Master.

Wutentbrannt stürmte Henry den hinteren Niedergang hinab und riss die Tür zur Offiziersmesse auf. Leutnant Faucon lag mit dem Kopf auf dem Messetisch. Offenbar hatte er sich übergeben. Leutnant O'Hara lag unter dem Tisch und schnarchte. „Aufstehen, Gentlemen, aber ein bisschen plötzlich", schrie Henry und schlug mit der Faust auf den Tisch. Die Leutnants reagierten nicht. Henry packte Leutnant Faucon an seinem altmodischen Zopf und riss den Kopf hoch. „Haben Sie mich verstanden? Der Feind ist keine halbe Stunde von uns entfernt!", wurde Henry noch lauter. „Ich bin indisponiert und empfange heute nicht", lallte der Leutnant und ließ seinen Kopf wieder auf den Tisch sinken. „Gentlemen, betrachten Sie sich bis auf Weiteres als unter Arrest stehend. Ihr Verhalten wird im Logbuch notiert und an den Oberkommandierenden in Portsmouth gemeldet", erklärte Henry.

Dann kehrte er an Deck zurück, wo ihn Mr. Hardy fragend ansah. „Die Gentlemen stehen unter Arrest", sagte er. Mr. Hardy sah ihn bekümmert an und sagte: „Das gibt bestimmt Ärger, Sir. Wissen Sie nicht, dass der Ehrenwerte Mr. Faucon ein Sohn von Lord Sandgrave ist? Er hat mächtige Freunde in der Admiralität, sonst wäre er längst entlassen worden." „Mit diesem Problem muss ich mich später befassen, zunächst gilt es, einen Feind zu bekämpfen", antwortete Henry.

Er hatte trotz des Ärgers mit seinen Leutnants einen Plan entwickelt, den es nun vorzubereiten galt. Henry begab sich an die achterne Reling und preite die *Clinker* an: „*Clinker* ahoi!" Ihr Kommandant, Leutnant Obadiah Newell kam hinkend auf die Back gelaufen. Henry wusste, dass er eine Beinprothese hatte, nachdem er im Krieg gegen die nordamerikanischen Kolonien schwer verwundet worden war. Trotzdem hatte er sich zurückgekämpft und wurde schließlich Henrys Nachfolger auf der *Clinker*. Er war ein überaus fähiger Offizier, der Henrys Plan sofort verstand. „Sir, ich schätze unter den gegebenen Umständen ist das unsere einzige Chance", war sein Kommentar auf Henrys Plan.

Neben Captain Newell sah Henry noch etliche andere bekannte Gesichter an Bord der *Clinker*. Da war Mr. Richards, sein Master und ehemaliger Themselotse, Mr. Tobbs, der Stückmeister und Mr. Johnson, der Bootsmann. Sie und viele Matrosen, deren Namen Henry jetzt wieder einfielen, schauten hinauf zur *Valletta* und winkten ihm lächelnd zu. Hoffentlich wäre nach dem Gefecht noch Zeit zu einem kurzen Besuch auf seinem geliebten ersten Schiff.

Aber zuerst musste die unter Vollzeug heranstürmende Fregatte besiegt werden. Henry ließ die Segel bis auf Klüver und Marssegel einholen. Die *Clinker* schloss dicht zur *Valletta* auf. Zwischen die beiden Schiffe passte höchstens noch eine Bootslänge.

Die feindliche Fregatte eröffnete das Gefecht mit einer ihrer Jagdkanonen. Die Entfernung war aber noch zu groß und die Kugel fiel deutlich vor der *Valletta* ins Meer. Trotzdem wollte Henry den Schuss nicht unbeantwortet lassen. Er richtete die Steuerbordkanone auf der Back selbst und feuerte das Geschütz mit größter Erhöhung ab. Sein Schuss landete ebenfalls in der See, jedoch knapp vor der Fregatte. Diese schoss nun erneut und traf die Fockrah der *Valletta*, die von oben herunterkam. Nur auf einer Seite hielten die Sicherungsketten und so baumelte die Rah nun vor dem Fockmast, richtete zunächst aber keinen weiteren Schaden an.

Der Bootsmann wollte die Rah sofort sichern, doch Henry hielt ihn zurück. Es bestand keine unmittelbare Gefahr und für die erste und entscheidende Breitseite brauchte Henry jeden Mann an den Kanonen und Segeln. Er gab noch einen Schuss mit dem Sechspfünder ab und lief zurück aufs Achterdeck. So sah er nicht, dass sein Schuss die gegnerische Kanone traf und umwarf.

Die Schiffe liefen jeweils auf Backbordbug aufeinander zu und würden sich bald passieren. Dabei würden sie ihre Breitseiten abfeuern. Zumindest schien der Kommandant der französischen Fregatte, denn um eine solche handelte es sich, wie man jetzt an der am Flaggenstock auswehenden Trikolore erkennen konnte, genau damit zu rechnen.

Henry hatte jedoch einen ganz anderen Plan. Die Männer standen für den Kurswechsel bereit und der Bootsmann erwartete Henrys Kommando. „Achtung! Ruder hart Steuerbord!", rief Henry. Das Steuerrad wirbelte herum, die *Valletta* ging auf den Steuerbordbug und drehte sich weiter, bis der gewünschte Kurs erreicht war. „Recht so", befahl Henry nun.

Die *Valletta* wandte der französischen Fregatte somit ihr Breitseite zu. Deren Kommandant hatte nun drei Möglichkeiten. Entweder blieb er auf dem alten Kurs und würde von der *Valletta* der Länge nach beschossen, oder er folgte dem Kurswechsel der *Valletta*, was zu einem Breitseitengefecht führen würde. Die dritte Option war, das Gefecht zu verweigern und abzudrehen.

Der französische Kapitän sah, dass die *Valletta* nur über zweiunddreißig Kanonen verfügte, während er eine Fregatte mit achtunddreißig Kanonen kommandierte. Der Vorteil lag also auf seiner Seite und er entschied sich für die zweite Variante. Die Fregatte ging auf Parallelkurs zur *Valletta*. Damit war Henrys Plan aufgegangen, denn er hatte mit der Kampfeslust des französischen Kommandanten gerechnet.

Die Fregatten feuerten ihre ersten Breitseiten ab. Auf der *Valletta* wurden zwei Zwölfpfünder umgeworfen. Dank der wenigen Männer im Batteriedeck gab es aber keine Verletzten. Die *Valletta* hatte Kettenkugeln geladen. Ihre Breitseite wurde etwas stotternd abgefeuert, war dafür aber besser gezielt. Die Kettenkugeln rasierten Fock- und Großmast auf der Höhe der Marsstengen ab. Nur die Untermasten blieben hier stehen.

Derweil hatte die *Clinker* ihren Kurs beibehalten. Captain Newell hatte sie lediglich ein wenig aufkommen lassen, um näher an die französische Fregatte zu kommen. Diese wandte der Kanonenbrigg ihr ungeschütztes Heck zu, so dass man ihren Namen *Heureuse* lesen konnte. Doch der Name interessierte niemanden an Bord der *Clinker*. Sie feuerte ihre Steuerbordbatterie ab. Fünf Achtzehnpfünderkugeln schlugen in das Heck ein und verwandelten das Batteriedeck der *Heureuse* in ein Schlachthaus. Da sich Karronaden deutlich schneller laden ließen als herkömmliche Kanonen, blieb noch Zeit für eine zweite Breitseite, diesmal Kartätschen, die ein noch viel schrecklicheres Blutbad anrichteten. Dann war die Fregatte für die Karronaden zu weit entfernt und die Clinker bog auf die Kiellinie der *Heureuse* ein. So konnte sie zwar nicht mehr ihre Breitseiten einsetzen, dafür jedoch ihre Jagdgeschütze, zwei mächtige Vierundzwanzigpfünder.

So hämmerten *Valletta* und *Clinker* ihre tödlichen Kugeln unaufhörlich in die unglückliche *Heureuse*, die das Feuer schon lange nicht mehr erwiderte. Schließlich sah Henry eine uniformierte Gestalt zum Flaggenstock wanken und die Trikolore einholen. Die *Heureuse* hatte kapituliert.

3

Henry hatte ein riesiges Problem. Zwar hatte er gerade eine nagelneue französische Fregatte in die Knie gezwungen – sie war erst im Januar des Vorjahres in Dienst gestellt worden – doch er hatte nicht die geringste Ahnung, wie er sie in einen englischen Hafen bringen sollte. Mit seinen wenigen Männern war er froh, einigermaßen unbehelligt nach

Portsmouth zu kommen, eine zweite Fregatte ließ sich unmöglich bemannen. Aber er hatte in der Rechnung die *Clinker* vergessen. Hatte er nicht mit ihr einen Kutter und einen riesigen Ostindienfahrer aus der Zuidersee geholt?

Henry ließ sich auf die *Heureuse* übersetzen. Hier bot sich ein Bild des Schreckens. Überall lagen Tote und Leichenteile herum. Es gab nur rund einhundert Überlebende, von denen ein Großteil verwundet war. Glücklicherweise hatte der Schiffsarzt überlebt, da sich seine Gefechtsstation unterhalb der Wasserlinie befand. Die *Valletta* hatte keinen Arzt an Bord und konnte deshalb keine Hilfe leisten.

Das Schiff wurde von einem jungen Leutnant übergeben, denn der Kommandant hatte das Gemetzel nicht überlebt. Er wollte Henry seinen Degen übergeben, doch der gab ihn zurück. Wer dieses Gefecht überlebt hatte, sollte nicht seiner Ehre beraubt werden.

Captain Newell traf auf der *Heureuse* ein und mit ihm kam Mr. Jenkins, der Schiffsarzt der *Clinker*. Eigentlich war er nur ein Sanitätsmaat, doch einer, der sein Geschäft verstand. Viele verdankten ihm ihr Leben, auch Henry. Entsprechend herzlich fiel auch die Begrüßung aus. Das Boot der *Clinker* brachte auch die Seesoldaten unter Sergeant Digby mit – weitere bekannte Gesichter. Sie bewachten die wenigen unverletzten Gefangenen, die zunächst ihre toten Kameraden über Bord werfen mussten.

Derweil untersuchte Mr. Johnson, der Bootsmann der *Clinker*, die Fregatte. Da es weder auf der *Valletta* noch auf der *Clinker* einen Zimmermann gab, fiel ihm diese Aufgabe zu. Nach einer ausführlichen Besichtigung des ganzen

Schiffes kam er zu den beiden Kommandanten und meldete: „Sirs, mit den vorhandenen Mitteln bekommen wir die Fregatte nicht mehr einsatzbereit. Was die Masten betrifft, sehen Sie ja selbst, darüber hinaus wurde auch das Ruder zerstört. Das Schiff muss geschleppt werden." Henry hatte mit diesem Ergebnis gerechnet. Für den Schlepp kam aufgrund der Größe nur die *Valletta* in Frage. Die *Clinker* würde dafür die Prisenbesatzung beisteuern.

Aufgrund des anhaltend sehr windigen Wetters wollte man keine Zeit verlieren. Captain Newell hatte einen Vorschlag. „Sir, da wir uns erst am Beginn der Herbststürme befinden, sollten wir den nächstgelegenen Hafen ansteuern. Das wäre Falmouth. Dort gibt es zwar keinen regulären Militärhafen, aber immerhin eine kleine Werft, die die *Heureuse* wiederherrichten könnte", sagte er. Henry antwortete nickend: „Ein sehr guter Vorschlag. Ich kenne Falmouth aus dem letzten Jahr. Damals brachte ich einen Konvoi dorthin. Die Bucht bietet genügend Platz für eine ganze Flotte und man ist vor eventuellen Stürmen geschützt."

Die *Valletta* brachte eine Schlepptrosse aus und nahm die *Heureuse* in Schlepp. Dann setzte sich der kleine Konvoi in Bewegung. Ganz ohne Ruder verhielt sich die *Heureuse* ziemlich unruhig. Immer wieder versuchte sie, seitlich auszubrechen. Das beanspruchte die Schlepptrosse so stark, dass sie schließlich in der Nacht brach. Das plötzlich von der Spannung befreite Tau schlug wild durch die Luft und schlug auf der *Valletta* einen Teil der achternen Reling weg.

Henry sah ein, dass es ganz ohne Ruder einfach nicht sicher genug war. Abhilfe musste geschaffen werden. Er entwarf ein primitives Seitenruder, wie er es aus alten Stichen kannte. Der Bootsmann der *Valletta* baute es mit einigen handwerklich begabten Männern zusammen, dann wurde es auf die *Heureuse* gebracht. Die Befestigung an der Steuerbordseite erwies sich als weitaus schwieriger, als es sich Henry vorgestellt hatte, doch Mr. Johnson von der *Clinker* hatte die entscheidende Idee. Aus einigen Beschlägen, die sich auf der *Hereuse* fanden, baute er eine Art Dreibein, das an der Steuerbordseite befestigt wurde und dem Ruder den notwendigen Halt gab.

Nachdem das Steuerruder angebracht war, wurde die Prise wieder in Schlepp genommen. Mit dem Ruder konnte man zwar keine wilden Manöver veranstalten, doch es hielt die *Heureuse* auf Kurs. Drei Tage später kam dann endlich Falmouth in Sicht. In der Bucht ankerte ein kleines Geschwader unter dem Kommando eines Konteradmirals.

4

„Sie haben was?", Admiral Edgar, eigentlich ein eher blasser Typ, war puterrot angelaufen. „Sie können doch den ehrenwerten Leutnant Faucon nicht unter Arrest nehmen! Für wen halten Sie sich?", fuhr er immer lauter werdend fort. „Für den Kommandanten seiner Majestät Schiff *Valletta*", antwortete Henry du Valle mit einem wütenden Zittern in der Stimme. „Und Sie glauben ernsthaft, das gäbe Ihnen, einem verdammten Franzosen, das Recht, den Spross einer der ältesten Familien Englands so zu behandeln?", fragte der Admiral noch immer schreiend. Henry konnte sich kaum noch zurückhalten. Am liebsten hätten er diesem Menschen einen ordentlichen Fausthieb verpasst, doch der war nun einmal Konteradmiral der blauen Flagge[15] und somit ein Vorgesetzter. Deshalb riss er sich zusammen und antwortete mit mühsam unterdrückter Wut: „Sir, ich hatte keine Wahl, er verweigerte einen direkten Befehl, während wir ins Gefecht mit einer überlegenen französischen Fregatte gingen. Und ich bin kein Franzose. Ich komme von Guernsey und meine Vorfahren sind seit Jahrhunderten treue Untertanen des Königs von England." Konteradmiral Edgar sah Henry mit bösartigen zusammengekniffenen Augen an und fragte mit nun ganz leiser Stimme: „Spielen Sie damit etwa auf meine schottische Herkunft an und bezweifeln Sie meine Treue zur Krone?" „Nein Sir, natürlich nicht. Ich wollte nur darauf hinweisen, dass ich kein Franzose bin", antwortete Henry.

„Auf jeden Fall stelle ich fest, dass Sie Ihre Kompetenzen weit überschritten und sich der Freiheitsberaubung und Ehrabschneidung eines Offiziers aus bester Familie schuldig gemacht haben. Captain du Valle, Sie stehen bis zu Ihrem Kriegsgerichtsverfahren, für das ich Sie nach Portsmouth überstellen lasse, unter Arrest. Zugleich enthebe ich Sie Ihres Kommandos", sagte der Admiral und rief nach der Wache.

Henry konnte nicht fassen, wie ihm hier geschah. Zwei Marineinfanteristen eskortierten ihn in die Offiziersmesse des Flaggschiffs. Die *Chatham* war ein kleiner Zweidecker mit fünfzig Kanonen. Sie lag schon seit Jahren im Hafen

---

[15] Konteradmiral (engl. Rear Admiral) war der niedrigste Admiralsrang der Royal Navy und unterteilte sich in die Unterränge blaue, weiße und rote Flagge.

von Falmouth und wurde laut Navy List lediglich von einem älteren Leutnant kommandiert. Als Konteradmiral Edgar mit seinem kleinen Geschwader aus zwei Sloops und drei Kanonenbriggs hier eintraf, um die von Falmouth abgehenden Paketboote zu schützen, beschloss er, dass der alte Zweidecker ein seinem Rang viel angemesseneres Flaggschiff war und setzte auf ihr seine Flagge.

Alexander Edgar war erst vor wenigen Wochen zum Konteradmiral befördert worden. Eigentlich stand fest, dass man ihn mit der Beförderung als sogenannten „gelben Admiral"[16] in den Ruhestand schicken würde, doch da neben dem Earl of St. Vincent noch weitere Admirale derzeit durch Krankheit ausfielen, brauchte man einen dieser eigentlich überzähligen Konteradmirale für ein letztes Kommando. Admiral Lord Hotham, der zwar kein Kommando mehr innehatte, dafür aber in der Londoner Gesellschaft einigen Einfluss besaß, sorgte dafür, dass man dieses Kommando einem seiner ehemaligen Flaggkapitäne antrug. Konteradmiral Alexander Edgar sagte dankend zu. So konnte er dem tristen Ehealltag in Yarmouth entkommen und seiner Frau, die ihn für einen Versager hielt, endlich beweisen, dass er ein echter Admiral war.

In der Offiziersmesse wurde Henry, der sich wie betäubt fühlte, überaus herzlich aufgenommen. Selbst für einen Zweidecker hatte man hier ungewöhnlich viel Platz, denn

---

[16] Captains, die aufgrund ihrer Seniorität die Stufe zur Beförderung zum Konteradmiral erreicht hatten, jedoch nicht zur weiteren Verwendung vorgesehen waren, beförderte man zum überzähligen Konteradmiral. Scherzhaft nannte man sie Admiral der gelben Flagge, da es diese Farbe in der Rangeinteilung nicht gab.

die Offiziersmesse bestand lediglich aus Leutnant Hill, dem eigentlichen Kommandanten der Chatham, Mr. Dobson, dem Zahlmeister, Mr. Harris, dem Master und Leutnant Peters von den Royal Marines, der mit dem Admiral auf die *Chatham* gekommen war. Sie alle wussten aus der Gazette, dass Henry du Valle an der Seeschlacht bei Aboukir[17] und der Belagerung von Akkon[18] teilgenommen hatte. Speziell über Aboukir wollten sie alles wissen und vor allem über Lord Nelson.

Über beides konnte Henry aus erster Hand berichten, wobei er natürlich bemüht war dem Heldenbild seiner Zuhörer über Lord Nelson zu entsprechen. Die Gerüchte über seine Affäre mit Lady Hamilton, die in der Mittelmeerflotte längst die Runde machten, hatte man Zuhause noch nicht gehört und Henry behielt sein diesbezügliches Wissen für sich.

Die Gespräche lenkten Henry von seinen Problemen ab, doch als er nachts in seiner Schwingkoje lag, konnte er nicht schlafen. Zu sehr nahmen ihn die Geschehnisse des Tages noch immer mit. Immerhin ging es um seine berufliche Zukunft. Würde man ihn mit Schimpf und Schande aus der von ihm so geliebten Navy jagen? Oder würde er einfach kein Kommando mehr erhalten und bis zum Ende seiner Tage auf Halbsold[19] an Land versauern? Gerade noch hatte er gedacht, endlich den großen Schritt zum Vollkapitän geschafft zu haben und eines fernen Tages

---

[17] Siehe Band 3 – Verrat vor der Korsarenküste
[18] Siehe Band 4 – Die Festung des Paschas
[19] Der Halbsold war eine Art Ruhegeld für unbeschäftigte Offiziere.

seine eigene Flagge hissen zu können und nun war das alles vorbei. Das Ende eines Traums, geplatzt wie eine Seifenblase.

Während des Prozesses würden andere Kapitäne über ihn richten. Einige mochten Freunde von Lord Sandgrave oder von dessen Gunst abhängig sein. Immerhin spielte er im House of Lords eine wichtige Rolle im Sinne der gegenwärtigen Regierung, obgleich er nur ein einfacher Baron war. Andere Kapitäne würden ihm sein Prisenglück neiden, das er bereits als junger Leutnant gehabt hatte. Natürlich könnten auch Freunde über ihn zu Gericht sitzen, die Royal Navy war immerhin seine Familie, doch würde er ausgerechnet jetzt dieses Glück haben, wo sich alles gegen ihn zu wenden schien?

Als in der Offiziersmesse das Frühstück serviert wurde, hatte Henry kaum geschlafen. Nur einmal war er kurz eingenickt. Da sie in einem Hafen lagen, gab es zum Frühstück viele frische Lebensmittel, die Henry unter anderen Umständen sicherlich mit großem Appetit gegessen hätte. So begnügte er sich mit Kaffee und ein wenig Speck.

Nach dem Frühstück kam Leutnant Peters zu Henry und sagte: „Sir, ich habe den Auftrag, Sie auf die *Valletta* zu bringen. Leutnant Faucon wurde als ihr Interimskommandant eingesetzt." Der Transfer zur *Valletta* erfolgte mit Henrys Kommandantengig. Henry konnte den Männern ansehen, dass sie mit seiner Behandlung äußerst unzufrieden waren.

Als Ranghöchster verließ Henry das Boot als erster. An der Reling wurde er von Leutnant Faucon empfangen, der ihn grüßte, indem er seinen Hut lüftete. „Sir, was hier geschehen ist, wurde weder von mir veranlasst, noch ist es in meinem Sinne", sagte er. Dann geleitete er Henry in die Kapitänskajüte. „Sir, mir wurde befohlen, die *Valletta* nach Portsmouth zu überführen. Gegen diesen Befehl kann ich nichts tun. Ich möchte aber, dass Sie weiterhin hier ihr Quartier haben, für mich ist meine Offizierskammer völlig ausreichend", sagte Leutnant Faucon.

Henry war von dieser Reaktion angenehm überrascht. Vielleicht war ja doch noch nicht alles verloren. Allerdings stellte sich natürlich die Frage, welche Anklagepunkte Konteradmiral Edgar tatsächlich vorbringen würde.

Leutnant Faucon verließ die Kajüte und kurz darauf feuerte die *Valletta* Salut für die Flagge des Admirals. Auch *Clinker* und *Heureuse* feuerten Salut. Demnach schienen beide Schiffe die *Valletta* zu begleiten. Beim Transfer vom Flaggschiff hatte Henry gesehen, dass man auf der *Heureuse* Notsegel gerigt hatte. Offenbar hatte man auch das reguläre Ruder wieder halbwegs instandsetzen können. Für nur vierundzwanzig Stunden war das eine beachtliche Leistung. Gern wäre Henry an Deck gegangen, um die *Heureuse* persönlich in Augenschein zu nehmen, doch solange man in Sichtweite von Falmouth und Konteradmiral Edgar war, wollte er sich lieber nicht blicken lassen.

Ein angenehmer Westwind trieb die Schiffe gut voran und schon bald verschwand Falmouth achteraus. Vor ihnen lag Portsmouth und ein Kriegsgerichtsverfahren mit ungewissem Ausgang. Nach dem Verhalten Leutnant Faucons hätte Henry wieder etwas optimistischer in die Zukunft blicken können, doch er stellte fest, dass zwei wichtige

Zeugen fehlten. Admiral Edgar hatte Leutnant O'Hara und Mr. Hardy auf andere Schiffe versetzt.

5

Trotz der günstigen Windverhältnisse brauchte der kleine Konvoi zwei Tage, bis er Spithead Reede erreichte. Die Schiffe feuerten den Salut für Admiral Sir Peter Parker. Die *Royal William* erwiderte den Salut und signalisierte dann „beim Flaggschiff ankern". Anschließend wurden die Kommandanten der *Valletta* und der *Clinker* an Bord des Flaggschiffs befohlen.

Nach seiner Unterredung mit den Leutnants Newell und Faucon begab sich Captain Pickmore persönlich an Bord der *Valletta*, um mit Henry zu sprechen. Er machte ein sehr bekümmertes Gesicht, als er Henry begrüßte.

„Was für ein Schlamassel, Captain du Valle. Admiral Edgar wirft Ihnen Freiheitsberaubung und Ehrabschneidung vor. Zugleich beklagt er mangelnden Respekt vor Vorgesetzten und fordert Ihre Bestrafung", erklärte Captain Pickmore die ganze Misere. „Aber ich habe mich all dieser Dinge doch überhaupt nicht schuldig gemacht. Ich habe so gehandelt, wie es mir die Umstände vorschrieben. Was Admiral Edgar daraus gemacht hat…", erklärte Henry, doch Captain Pickmore bremste seinen Redefluss und sagte: „Kein weiteres Wort, bitte. Ich kann mit Ihnen keine Maßnahmen von vorgesetzten Offizieren diskutieren. Das müssen Sie verstehen." „Natürlich Sir, ich bin nur immer noch wahnsinnig erregt wegen der ganzen Situation, die so unverhofft über mich hereingebrochen ist", hatte Henry ein Einsehen.

„Aus meiner Sicht werden wir wohl nicht um ein Kriegsgerichtsverfahren herumkommen. Das ist immer eine heikle Angelegenheit, ganz egal, wie sehr man sich im Recht sieht. Schließlich sind es ja keine Juristen, die über Sie richten werden, sondern ganz normale Kapitäne. Ich werde Sir Peter den Fall persönlich vortragen, ich weiß, dass er Sie kennt", beendete Captain Pickmore das Gespräch. Eine wichtige Formalität blieb Henry dann aber doch nicht erspart. Er musste Captain Pickmore seinen Degen übergeben.

Am nächsten Tag erhielt Henry du Valle ein Schreiben, in dem er aufgefordert wurde, am Nachmittag bei Admiral Sir Peter Parker vorzusprechen. Das Schreiben hatte sein Sekretär verfasst. Immerhin war Henry froh, dass man ihn zu dem Gespräch einlud, statt ihn mit einer Militäreskorte abzuholen. Von Leutnant Faucon erfuhr er, dass dieser bereits mittags vom Admiral erwartet wurde. Henry war klar, dass sehr viel, eigentlich sogar alles, von der Aussage des Leutnants abhing, denn andere Zeugen gab es nicht, sah man von einigen einfachen Seeleuten ab, deren Aussagen jedoch kaum Gewicht gegen die Worte eines Offiziers noch dazu adliger Herkunft haben würden. Und es wäre kaum zu erwarten, dass sich dieser selbst belasten würde.

Die *Royal William* war zwar Sir Peter Parkers Flaggschiff, doch er residierte in Portsmouth, weil er das alte und feuchte Schiff nicht seiner Gesundheit zumuten wollte. Henry ließ sich von seiner Kommandantengig nach Portsmouth übersetzen. Sie war kurz zuvor mit Leutnant Faucon eingetroffen, ohne dass Henry ihn nochmal zu Gesicht bekam.

Zur angegebenen Zeit traf Henry in der Residenz des Oberbefehlshabers Portsmouth ein. Die Marinesoldaten am Eingang salutierten mit ihren Musketen und ein Diener geleitete Henry in den Warteraum der Vollkapitäne. Hier saßen bereits drei Kapitäne, die Henry freundlich grüßte. Einer grüßte zurück, die beiden anderen warfen ihm scheele Blicke zu, denn sie hatten den fehlenden Degen registriert und wussten nur zu gut, was das bedeutete.

„Captain du Valle." Henry erhob sich und warf den drei anderen Kapitänen, die ja schon länger warteten, einen entschuldigenden Blick zu. Dann betrat er das Büro des Admirals. Es war kein Büro wie jedes andere. Zwar gab es einen großen Schreibtisch, hinter dem ein großes Gemälde von Nicholas Pocock hing, doch der Admiral saß meist in einem großen Sessel vor dem prächtigen Kamin in der linken Ecke des Raumes.. So war es auch heute. Sir Peter Parker winkte Henry, der zur Begrüßung eine Meldung machen wollte, zu sich und sagte: „Kommen Sie, Henry, nehmen Sie bei mir Platz. Hier redet es sich besser."

Henry du Valle setzte sich. Er war irritiert, denn normalerweise bat man einen Angeklagten nicht zum Kamingespräch. „Ich glaube, es ist spät genug. Trinken Sie einen Portwein mit mir?", fragte der Admiral. „Ja Sir, danke Sir", stammelte Henry was Sir Peter zu einem Schmunzeln veranlasste. „Nun entspannen Sie sich mal, mein Junge", sagte er. „Ehrlich gesagt fällt mir das in der gegenwärtigen Situation schwer", antwortete Henry.

Sir Peter Parker sagte: „Ich habe mir die Anklage von Admiral Edgar angeschaut und mit Leutnant Faucon gesprochen. Danach bleibt am Ende nur noch mangelnder Respekt vor Vorgesetzten, wobei der Admiral nicht ausführt, worin der mangelnde Respekt bestand." Henry wollte etwas sagen, doch der Admiral gab ihm mit der Hand ein Zeichen zu schweigen. Dann fuhr er fort: „Ich habe Admiral Edgar geschrieben und darum gebeten, seine Anklage näher zu erläutern. Zugleich habe ich ihn auch darauf hingewiesen, dass Sie auf einem Schiff unterwegs waren, das noch keinem Geschwader zugeordnet wurde, womit es direkt dem Befehl der Admiralität unterstand. Damit konnte er auch nicht ihr direkter Vorgesetzter sein, verdiente jedoch den Respekt als ranghöherer Offizier. Seine Antwort wird einige Tage brauchen. Bis dahin suchen Sie sich ein gutes Hotel, denn die *Valletta* geht in die Werft. Das Keppels Head ist bei jungen Offizieren recht beliebt."

Ein Diener servierte den Portwein und Sir Peter Parker ging nun zum persönlichen Teil über. „Neulich hatte ich endlich mal Besuch von Ihrem Vater. Es freut mich, dass es ihm gut geht", sagte er. „Danke Sir, ich habe ihn zuletzt bei meiner Hochzeit gesehen", antwortete Henry. „Oh, ich habe ja vollkommen vergessen, dass Sie demnächst Vater werden!", rief Sir Peter Parker aus, „Lord Nelson schrieb mir darüber und bat mich, Ihnen ein Kommando in Heimatnähe zu verschaffen." „Sir, ich bin natürlich bereit, jedes Kommando zu übernehmen", antwortete Henry. Der Admiral lächelte verständnisvoll. Selbstverständlich war jeder Offizier, der in der Royal Navy vorankommen wollte, dazu bereit.

Natürlich fragte Sir Peter Parker auch nach Lord Nelson. Henry befand hier sich in einer Zwickmühle, da er beiden Admiralen viel verdankte. Also versuchte er, die Situation in Palermo so diplomatisch wie möglich zu schildern. Der alte Admiral hörte ihm zu und lächelte verschmitzt, denn er verstand sehr gut, wie es Henry in dieser Situation ging. Als er genug gehört hatte, um sich ein eigenes Bild machen zu können, ließ er Henry endlich von der Angel.

Dann wartete schon der nächste Termin auf Sir Peter Parker und Henry war entlassen. Er ging mit einem etwas besseren Gefühl, als er gekommen war, doch hatte er keine Erklärung dafür, weshalb Admiral Edgars Anklage von Sir Peter Parker so wenig ernst genommen wurde.

6

Wie von Sir Peter Parker empfohlen, zog Henry ins Keppels Head. Es war ein relativ neues Hotel, in dem sich vor allem jüngere Offiziere wohl fühlten. Einige Männer von der *Mermaid* schickte Henry unter Charlie Starrs Führung mit einer Mietkutsche nach Knights Manor, damit sie den Begehrlichkeiten anderer Kommandanten entzogen waren. Neben seinem Bootssteurer waren das Sean Rae, O'Brian und Giorgio. Sie nahmen auch seine persönlichen Möbel und Bilder mit. Beim Abschied schärfte er ihnen ein, kein Wort über das Kriegsgerichtsverfahren zu verlieren. Er wollte Annika auf keinen Fall beunruhigen. Jeeves blieb bei ihm, um sich um ihn zu kümmern.

Seine jungen Gentlemen waren nun zunächst ohne Schiff. Allerdings hatte Sir Peter Parker versprochen, sich ihrer anzunehmen. Tatsächlich dauerte es nicht lange, bis alle ein neues Schiff gefunden hatten. Nur Mr. Nutton hatte sich Urlaub erbeten, der ihm auch gewährt wurde.

Es waren sehr einsame Tage für Henry. Aufgrund des bevorstehenden Verfahrens war es angeraten, möglichst wenig in der Öffentlichkeit in Erscheinung zu treten. So blieb er fast ausschließlich in seinem Zimmer, wo er sich auch die Mahlzeiten servieren ließ. Nur abends machte er nach Sonnenuntergang kurze Spaziergänge zum nahegelegenen Hafen und schaute sehnsuchtsvoll auf die mit Kriegsschiffen aller Art gefüllte Reede. Von der *Valletta* war nichts zu sehen. Sie hatte man längst in die Königliche Werft verholt, wo sie nach britischem Standard ausgerüstet wurde. Auch die *Heureuse* befand sich dort, nachdem Sir Peter Parker ihren Ankauf bestätigt hatte.

Nach einer Woche kam dann endlich die Nachricht von Captain Pickmore. Henry wurde für den folgenden Tag auf die *Royal William* vorgeladen, wo sein Kriegsgerichtsprozess stattfinden sollte. Er fühlte sich erleichtert, denn endlich war die Zeit des ungewissen Wartens vorbei. Andererseits begann er nun, sich ununterbrochen verschiedene Szenarien des Prozesses vorzustellen. Er fragte sich, ob am Ende nicht gar Admiral Edgar persönlich vor dem Kriegsgericht auftreten würde.

Es war eine weitere schlaflose Nacht für Henry. Als endlich der Morgen graute, fragte er sich, was dieser Tag wohl bringen würde. War es vielleicht das Ende seiner Karriere in der Royal Navy? Was würde er dann tun? Taugte er überhaupt für das Leben eines Gutsherrn? Aber vielleicht würde das ja Annika glücklich machen und er könnte sein Kind aufwachsen sehen.

Mit diesen tröstlichen Gedanken stand er vom Frühstückstisch auf und zog sich seine beste Uniform an. Vor dem Spiegel betrachtete er die einzelne Epaulette auf der rechten Schulter. Würde jemals eine zweite hinzukommen? Jeeves sprang aufgeregt mit einer Kleiderbürste um ihn herum und bürstete, nur für ihn sichtbare, Flecken aus. Henry nahm schließlich seinen Hut und verließ das Zimmer.

Bis zum Hafen waren es nur wenige Schritte. Dort hatte er keine Probleme, einen Fährmann zu finden, der ihn zur *Royal William* brachte. Natürlich erhielt er dort keinen offiziellen Empfang. Aber er sah, wie ihm Captain Pickmore vom Poopdeck aus zunickte. Oder war das nur Einbildung?

Ein Seesoldat brachte Henry in die Offiziersmesse, die bei einem Schiff dieser Größe sehr geräumig war. Die anwesenden Offiziere verhielten sich freundlich, aber zurückhaltend. Jedem war die Ungewissheit von Kriegsgerichtsverfahren klar und viele dachten vielleicht auch mit einem gewissen Schaudern daran, dass so ein Verfahren jeden von ihnen irgendwann ereilen konnte, sei es wegen eines Schiffsverlustes oder nur eines einfachen Wachvergehens.

Als ein Kanonenschuss von der Royal William anzeigte, dass heute auf ihr Gericht gehalten würde, kam der Seesoldat in die Offiziersmesse und geleitete Henry einen Niedergang hinauf zum Quartier des Admirals, wo das Gericht tagen sollte. Henry stellte fest, dass er beileibe nicht der einzige Angeklagte des Tages war. In einem geräumigen

Vorraum warteten die Angeklagten auf ihren Prozess und die geladenen Zeugen auf ihre Vernehmung. Henry entdeckte Leutnant Faucon, der ihm von weitem zunickte.

Zunächst behandelte das Kriegsgericht die Strandung der *Lord Mulgrave* in der Irischen See. Bei der *Lord Mulgrave* handelte es sich um ein angemietetes Schiff, das als Sloop eingesetzt wurde. Im April war sie auf dem Weg von Cork nach Dublin auf die Arklow Bank aufgelaufen. Der Besatzung war es zwar gelungen, die Sloop wieder flottzumachen, doch war der Rumpf beschädigt worden und nahm so viel Wasser, dass sich Commander Hawkins gezwungen sah, das Schiff auf den nahegelegenen Strand zu setzen. Das Gericht sprach ihn und seine Männer von jeglichem schuldhaften Verhalten frei.

Ein wenig neidisch sah Henry auf das strahlende Gesicht von Commander Hawkins, als er die große Kajüte verließ. Es folgte der Fall eines Midshipmans, der einen Kameraden zum Duell gefordert und dabei verletzt hatte. Er kam mit einer Suspendierung von sechs Monaten davon. Weniger glimpflich war ein Fall von Unterschlagung durch einen Bootsmannsmaat. Er verlor seinen Rang und wurde als einfacher Seemann zu drei Dutzend Peitschenhieben verurteilt.

Dann wurde endlich Henry aufgerufen. Er betrat die Kajüte, an deren Stirnseite die Richter vor den großen Heckfenstern saßen. Fünf Vollkapitäne bildeten das Gericht: Brine von der *Glory* als Vorsitzender, sowie Stanhope von der *Achille*, Wolley von der *Arethusa*, Sutton von der *Prince* und natürlich Pickmore von der *Royal William*.

Zunächst wurde die Anklageschrift verlesen. Admiral Edgar hatte darauf bestanden, alle drei Anklagepunkte aufrecht zu erhalten. Sie lauteten Freiheitsberaubung, Ehrabschneidung und Insubordination. In allen Punkten erklärte sich Henry für nicht schuldig. Dann wurde Henry zu seinem Werdegang befragt. Besonders wohlwollend wurde zur Kenntnis genommen, dass er unter den Admiralen Duncan und Nelson gedient hatte. Captain Pickmore wies darauf hin, dass er von beiden nur beste Referenzen erhalten hatte.

Der Ankläger rief seinen einzigen Zeugen auf. Leutnant Faucon betrat den Raum. Er war auffallend blass. Offensichtlich hatte er ebenso schlecht geschlafen wie Henry. „Bitte nennen Sie Ihren Namen, Sir", begann der Ankläger, ein ziviler Anwalt im Dienste des Judge Advocate of the Fleet, seine Befragung. „Mein Name ist William Arthur George Faucon, Leutnant der Royal Navy", antwortete der Leutnant. „Sie sind ein Sohn von Lord Sandgrave", fuhr der Ankläger fort. „Ja Sir, aber ich glaube nicht, dass das hier eine Rolle spielen sollte", sagte Leutnant Faucon. „Bitte beschränken Sie sich auf die Beantwortung meiner Fragen", wie ihn der Ankläger zurecht, „Sie waren am dritten dieses Monats an Bord seiner Majestät Schiff *Valletta*?" Leutnant Faucon nickte und sagte: „Das ist richtig, Sir." „Der Angeklagte war Ihr Vorgesetzter?", fragte der Ankläger. „Ja, er war der Kommandant der *Valletta*", bestätigte Leutnant Faucon. „An besagtem dritten des Monats stellte Sie der Angeklagte unter Arrest, ist das richtig", fuhr der Ankläger fort. „Ja Sir", sagte Faucon. „Ich habe keine weiteren Fragen", erklärte der Ankläger.

„Captain du Valle, Sie haben das Recht, den Zeugen zu befragen", sagte Captain Brine. Henry erhob sich und fragte: „Mr. Faucon, ist Ihnen der Grund für Ihre Arretierung bekannt?" „Ja Sir, ich war betrunken", antwortete Leutnant Faucon. Unter den Richtern machte sich ein gewisser Unwillen breit. Wegen solch einer Lapalie saß man hier vor Gericht? Nur Captain Pickmore nickte Henrys aufmunternd zu. „Gab es erschwerende Umstände, die zu dieser Arretierung führten?", wollte Henry nun wissen. Leutnant Faucon sah ihm fest in die Augen und antwortete: „Ja Sir, die *Valletta* ging ins Gefecht gegen eine französische Fregatte."

Die Zuschauer im Raum und selbst die Kapitäne auf der Richterbank begannen, miteinander zu sprechen, so dass sich Captain Brine genötigt sah, alle Anwesenden zur Ordnung zu rufen. „Waren Sie der einzige Offizier, den ich arretieren ließ?", wollte Henry nun wissen. Leutnant Faucon schüttelte den Kopf und sagte: „Nein Sir, ich wurde gemeinsam mit Leutnant O'Hara arretiert." „Und gab es einen Offizier, der Zeuge der ganzen Angelegenheit war?", hakte Henry nach. „Ja Sir, Mr. Hardy, der kommissarische Master der *Valletta* war Zeuge. Er überbrachte uns Ihren Befehl, an Deck zu kommen." „Eine letzte Frage, Mr. Faucon, befinden sich Leutnant O'Hara und Mr. Hardy in Portsmouth?" Leutnant Faucon antwortete wie aus der Pistole geschossen: „Nein Sir, beide wurden von Admiral Edgar auf Schiffe seines Geschwaders versetzt."

Der Ankläger erhob sich und erklärte: „Hohes Gericht, die Namen der beiden möglichen Zeugen finden sich nicht in der Klageschrift Admiral Edgars. Möglicherweise hielt er ihre Aussagen für irrelevant." „Solche Bewertungen sollte der Admiral dem Kriegsgericht überlassen", sagte Captain Brine sichtlich pikiert. Und Captain Pickmore ergänzte: „Sir Peter Parker ist dieser Vorgang bekannt. Er hat Admiral Edgar mitgeteilt, dass dieser damit seine Kompetenzen weit überschritten hat. Zugleich hat er mich ermächtigt, dem Gericht mitzuteilen, dass er eine Anfrage an das Board der Admiralität gestellt hat, warum einem als überzählig eingestuften Admiral ein Kommando übertragen wurde, für das ein Kommodore vollkommen ausreichend gewesen wäre."

„Es bleibt aber immer noch die Klage der Insubordination", gab der Ankläger zu bedenken. „Welche Beschwerden bringt Admiral Edgar vor?", fragte Captain Brine. „Er schreibt lediglich von Insubordination, ohne ins Detail zu gehen", musste der Ankläger zugeben. Captain Sutton wandte sich an Leutnant Faucon, da dieser ja der einzige verfügbare Zeuge war und fragte diesen: „Mr. Faucon, ließ Captain du Valle Salut schießen, als er mit der *Valletta* in Falmouth einlief?" „Ja Sir." „Unterstand Captain du Valle dem Admiral?" „Nein Sir, wir fuhren unter der Flagge der Admiralität." „Gab Admiral Edgar einen direkten Befehl, den Captain du Valle verweigerte und den Sie nach der Absetzung Captain du Valles auszuführen hatten?" „Mir ist kein derartiger Befehl bekannt."

Nach diesem Dialog wandte sich Captain Brine an die anderen Richter und sagte: „Gentlemen, ich denke, wir können an dieser Stelle die Befragung beenden. Oder hat noch jemand Fragen an den Zeugen oder den Angeklagten?" Alle schüttelten ihre Köpfe und Henry wurde gebeten, im Vorraum zu warten.

Draußen hörte Henry nur gelegentliches Gelächter, das er sich nicht erklären konnte. Ansonsten schien die Zeit für ihn stillzustehen. Tatsächlich dauerte es keine fünf Minuten, bis er wieder in die große Kajüte gebeten wurde. Sein Säbel lag auf dem Richtertisch mit dem Griff zu ihm[20].

7

Sir Brook Bridges versammelte seinen Wallach und übersprang das Gatter mit ihm im hohen Bogen. Henry du Valle war kein so routinierter Reiter. Er öffnete das Gatter lieber und folgte dem Baronet[21] im vollen Galopp. Alle anderen Mitglieder der Jagdgesellschaft hatten sie bereits weit hinter sich gelassen, sofern sie überhaupt noch zu Pferde saßen, denn die Jagdgesellschaft, die hier über die Felder und Weiden von Goodnestone ritt, ließ hinsichtlich ihrer reiterlichen Fähigkeiten sehr zu wünschen übrig. Das lag vor allem daran, dass in dieser Gegend von Kent vornehmlich Seeoffiziere lebten, die alle keine großen Reiter waren. Aber immerhin konnte Sir Brook so wenigstens auf einem Feld glänzen, denn er war ein Lebemann, der das Vermögen seines Vaters, einem ehemaligen Steuerpächter, verprasste.

Ungefähr einhundert Meter vor Sir Brook stürmte eine große Hundemeute über die Weide. Sie folgte der Spur eines Fuchses, der sie nun schon eine gute halbe Stunde zum

---

[20] Das traditionelle Zeichen für die Unschuld eines angeklagten Offiziers.
[21] Niedrigster erblicher Adelstitel in Großbritannien. Seine Träger gehören nicht dem House of Lords an.

Narren hielt. Es war ein schon recht alter Fuchs, der all seine Erfahrung ausspielte, um am Leben zu bleiben. Aber langsam spürte er, wie ihn die Kräfte verließen. Da sah er endlich das ersehnte Wäldchen, in dem er seine Verfolger endgültig abzuschütteln hoffte. Nur noch wenige Meter und er übersprang einen Bach, der kurz darauf das Wäldchen erreichte. Der Fuchs folgte ihm rund fünfzig Meter, übersprang ihn erneut und erreichte den bereits halbverwesten Kadaver eines Dachses, den er umrundete. Dann sprang er wieder auf das andere Bachufer und schlängelte sich in ein dichtes Haselgebüsch.

Die Hundemeute hatte sich nicht von den diversen Richtungswechseln verunsichern lassen. Unbeirrt folgte sie ihrer Beute. Dann erreichte sie den Kadaver und stürzte sich mit triumphierenden Geheul auf den toten Dachs, der in wenigen Augenblicken in Stücke gerissen wurde. Der Fuchs war vergessen.

Sir Brook Bridges versuchte vergeblich, die Meute wieder auf die alte Spur zu bringen. Schließlich musste er aufgeben und die Jagdgesellschaft kehrte nach Goodnestone Park zurück. Der Baronet war wegen der verpatzten Jagd untröstlich, doch seine Gäste waren bester Laune und unterhielten sich lachend mit Anekdoten aus dem Navy-Alltag.

Henry ritt neben Captain Ferris von der *Inflexible* und Captain Western von der *Tamar*. Ihre Schiffe lagen in Deal und warteten darauf, dass der letzte Ostseekonvoi des Jahres zusammengestellt war. Henry beneidete sie um ihre Kommandos. Er selbst hatte nun schon über einen Monat Urlaub. Sir Peter Parker hatte ihn bis zur Niederkunft Annikas beurlaubt. Erst dann sollte er wieder bei der Admiralität vorstellig werden. Einerseits genoss er die Zeit mit Annika, aber mit jedem Tag wuchs seine Nervosität, mit der er alle im Haus verrückt machte. Deshalb hatte ihn Annika auch nach Goodnestone Park geschickt. Er sollte endlich einmal auf andere Gedanken kommen. Vielleicht wurde er damit ja auch ruhiger.

Kurz bevor die Jagdgesellschaft das weitläufige Anwesen Goodnestone Park erreichte, kam ihnen eine einspännige Kutsche entgegen. Ihr Kutscher trug eine Jacke im typischen Blau der Royal Navy. Wild gestikulierend machte er auf sich aufmerksam. Henry stutzte kurz, dann erkannte er ihn. Es war Jeeves, der offensichtlich mit wichtigen Nachrichten aus Knights Manor kam.

Henry du Valle spornte sein Pferd an und hatte die Kutsche bald erreicht. „Sir, die gnädige Frau, es ist soweit", brachte Jeeves keuchend hervor. „Was ist soweit?", fragte Henry entgeistert, denn eigentlich sollte das Baby erst in zwei Wochen kommen. „Die Wehen haben ganz plötzlich eingesetzt. Die gnädige Frau ließ die Hebamme rufen und schickte Charlie nach Deal, um Dr. Phelps zu holen", berichtete Jeeves. „Dann sollten wir keine Zeit verlieren", sagte Henry.

Er kehrte rasch zur Jagdgesellschaft zurück, um sich von Sir Brook und seinen Kameraden zu verabschieden. Dann jagte er im gestreckten Galopp in Richtung Wingham davon. Jeeves und seine Kutsche hatte er bald weit hinter sich gelassen.

Da er nicht den direkten Weg reiten konnte, denn die Gegend war stellenweise sumpfig und von Wasserläufen durchzogen, brauchte er fast zwei Stunden bis Knights Manor. Das ganze Haus befand sich in heller Aufregung. Mildred Rooney half dem Doktor und der Hebamme und Ruby kochte heißes Wasser, das Frank Rooney immer wieder nach oben tragen musste. Die vier Seeleute saßen in der Küche und schienen als einzige nicht von der allgemeinen Aufregung betroffen, doch wann immer die Schmerzensschreie der Gebärenden durchs Haus schallten, zuckten sie zusammen.

Henry stürmte die Treppe hinauf und wollte zu Annika ins Schlafzimmer eilen, doch Mildred Rooney hielt ihn zurück. „Sir, das ist jetzt kein Ort für Männer", sagte sie bestimmt, „Warten Sie in der Bibliothek."

Die Bibliothek befand sich im Nordflügel des Hauses über der Küche und den Räumen der Dienerschaft. Als Henry im Februar in Richtung Mittelmeer aufbrach, war sie noch eine große Baustelle. Inzwischen enthielt sie große, bis zur Decke reichende, Regale und eine gemütliche Sitzecke mit einem kleinen Kamin. Zwischen den bisher nur teilweise gefüllten Regalen hingen zwei Seestücke, die Henrys bisherige Kommandos zeigten. Auf einem Bild war die *Clinker* bei der Verteidigung des Ostseekonvois dargestellt und das andere Bild zeigte die *Mermaid* bei der Unterstützung der *Culloden* vor Aboukir. Über dem Kamin hing ein großes Bild, dass Henry in Uniform als Commander und Annika in ihrem Brautkleid zeigte.

Henry schenkte sich ein großes Glas Sherry ein und versuchte, seine Nerven zu beruhigen. Da immer wieder Annikas Schmerzschreie erklangen, fiel ihm das ungeheuer schwer. Inzwischen wurde es dunkel und Frank Rooney kam in die Bibliothek, um einige Lampen anzuzünden. „Sir, Sie sollten etwas essen", sagte er dann zu Henry, „Meine Frau hat einen Schweinebraten vorbereitet. Soll ich ihn warmmachen?" „Nein, vielen Dank, packen sie einfach zwei Scheiben davon zwischen zwei Brotscheiben, nach der Art von Lord Sandwich", antwortete Henry. „Und was wünschen Sie zu trinken, Sir?", fragte Frank Rooney nun. „Bringen Sie mir nur einen Krug Bier", sagte Henry.

Obwohl er sein Essen kräftig mit Bier herunterspülte, fiel es Henry schwer, die Bissen zu schlucken. Sein Hals fühlte sich wie zugeschnürt an. Langsam begann Henry, sich schwere Vorwürfe zu machen, Annika in diese Lage gebracht zu haben. Aus den Vorwürfen wurde Selbstmitleid, wozu wohl auch das kräftige Bier beitrug, das in einem nahegelegenen Gasthof gebraut worden war. Dann öffnete sich endlich die Tür der Bibliothek und Dr. Phelbs trat ein. „Sir, ich gratuliere Ihnen, Sie haben eine gesunde Tochter. Mutter und Kind sind wohlauf, aber es war eine sehr schwere Geburt. Ihre Frau Gemahlin hat viel Blut verloren", sagte er.

8

Drei Tage später setzte bei Annika das Fieber ein, begleitet von Krämpfen im Unterleib. Henry ließ sofort Dr. Phelps rufen, der nur sagte: „Hoffentlich ist es nicht das Kindbettfieber." Er verordnete Annika ein Stärkungsmittel, gab ihr Laudanum und ließ sie zur Ader.

Henry wich nicht von Annikas Seite. Er hielt ihre Hand, kühlte ihre Stirn und sprach mit ihr. Derweil kümmerte sich Mutter Hanssen um das Baby. In einem kleinen Weiler hinter Wingham fand sie eine Amme, so dass Annika die Belastungen des Stillens erspart blieben. Natürlich wollte Annika trotzdem ihr Kind so oft wie möglich bei sich haben. Das waren die unbeschwertesten Augenblicke im Leben der kleinen Familie.

„Wir haben noch immer keinen Namen für unsere Prinzessin", sagte Annika. „Du warst ja auch überzeugt davon, dass es ein Junge wird und wir ihn nach meinem Bruder Louis nennen", antwortete Henry mit einem Lächeln, „Aber glaub mir, mein Schatz, nichts macht mich glücklicher, als wenn ich Dein kleines Ebenbild in den Armen halte." Tatsächlich zeigte sich an ihrem Kopf ein rötlicher Flaum, der an die roten Haare ihrer Mutter erinnerten.

Annika versuchte, sich aufzurichten, um Henry zu küssen, doch ein Schmerz im Unterleib ließ sie zurückzucken. „Tut es immer noch weh?", fragte Henry, „Soll ich Dir noch etwas von dem Laudanum geben?" „Es will einfach nicht besser werden, auch die Aderlässe scheinen nicht zu helfen, sie schwächen mich eher", sagte Annika.

Dann rang sie sich ein Lächeln ab und fragte: „Also welchen Namen soll unsere Tochter tragen?" Henry hatte sich schon damit beschäftigt. „Ich würde sie Annika nennen", sagte er. Annika schüttelte den Kopf. „Nein, wie soll das gehen, wenn Du nach ihr rufst und wir beide kommen."

Nun musste auch Henry lachen. „Wie würdest Du sie denn nennen?", fragte er dann. „Ich würde sie Juliette nennen, wie Deine Mutter", sagte Annika. „Warum nicht Ellen wie Deine Mutter?", fragte Henry. „Ellen du Valle klingt nicht gut, aber Juliette du Valle klingt wie ein Stück von Mozart", erklärte Annika.

So sollte es sein. Das kleine Mädchen würde den Namen Juliette du Valle tragen. Da Annika weiterhin bettlägerig war, konnte die Taufe nicht in der Kirche von Wingham stattfinden. Deshalb kam der Pfarrer nach Knights Manor. Als Taufpaten fungierten Mrs. Lutwidge und Mutter Hanssen. Ehe sie nach Deal zurückkehrte sagte Mrs. Lutwidge zu Henry: „Mach Dir keine Sorgen, Henry, wenn irgendetwas sein sollte, wir haben uns damals um Dich gekümmert und werden es mit Freuden auch bei Deiner Tochter tun."

Das Glück, die Taufe ihrer Tochter erlebt zu haben, gab Annika einen Schub. Sie fühlte sich besser, auch wenn die Schmerzen nur mit Laudanum erträglich blieben, und verspürte endlich wieder Appetit. Mutter Hanssen brachte ihr eine Hühnerbrühe mit Eierstich, die Annika mit Genuss aß. Henry verspürte eine grenzenlose Erleichterung. Jetzt schien es endlich bergauf zu gehen.

Tatsächlich verlebte Annika eine ruhige Nacht. Das Fieber ging zurück und sie konnte gut schlafen. Das Frühstück aß sie wieder mit Appetit. Danach ließ sie sich Juliette bringen und nahm sie in den Arm. So verbrachte sie mehrere glückliche Stunden, bis sich bei der Kleinen der Hunger regte und die Amme sie wieder zu sich nahm. Als Henry kam, um sie nach ihren Wünschen zum Mittagessen zu fragen, war Annikas Stirn schweißnass. „Ich glaube, das Fieber kommt zurück", sagte sie.

Henry ließ wieder Dr. Phelps rufen. Als er endlich aus Deal eintraf, halluzinierte Annika bereits. Dr. Phelps gab ihr einen Sud aus Chinarinde, der tatsächlich zu helfen schien. Außerdem entschloss er sich zu einem weiteren Aderlass. Henry wand ein, dass der letzte Aderlass Annika nicht gut bekommen war, doch der Arzt erklärte: „Irgendwie muss man doch die giftigen Krankheitsstoffe aus dem Körper bekommen und die Medizin ist sich einig, ein Aderlass ist dafür das richtige Mittel."

Dr. Phelps schien Recht zu behalten, denn danach schien es Annika tatsächlich wieder besser zu gehen. Oder war es die Mischung aus Chinarinde und Laudanumtinktur? Henry war sich da nicht sicher. Wie gern hätte er jetzt Dr. Harris, den Schiffsarzt der *Mermaid* befragt.

Die Besserung hielt nicht lange an. Das Fieber kehrte zurück und die Schmerzen ließen sich nur noch mit immer höheren Laudanumdosen bekämpfen. Hinzu kam nun auch noch Übelkeit. Annika wollte und konnte nichts mehr essen. Lediglich ein wenig Brühe trank sie manchmal.

Henry blieb wieder die ganze Zeit bei ihr, kühlte ihre Stirn und machte ihr Wadenwickel. Die Chinarinde schien kaum noch zu helfen. Meist behielt sie den Sud auch nicht bei sich. Dr. Phelps war höchst besorgt. Er schlug nun eine Behandlung mit Blutegeln vor, was Annika aber kategorisch ablehnte. Also ließ er sie stattdessen ein weiteres Mal zur Ader.

Gegen Abend verlor Annika das Bewusstsein und das Fieber stieg weiter. Henry kümmerte sich aufopferungsvoll um seine Frau, obwohl er selbst schon vollkommen erschöpft war. Ab und zu benetzte er Annikas Lippen mit etwas Wasser, damit sie keinen Durst leiden musste. Gegen Mitternacht wurde sie ruhiger, das Fieber schien endlich wieder zu sinken. Annika kam wieder zu sich. „Gib mir einen Schluck Wein", flüsterte sie. Sofort lief Henry in den Keller und holte Annikas Lieblingswein, einen Rheinwein. Er goss ein Glas ein und setzte es vorsichtig an Annikas Lippen. Sie trank den kühlen Wein gierig. „Mehr", sagte sie leise und Henry goss nach. Auch dieses Glas leerte sie rasch.

Es schien ihr gut zu tun, denn sie atmete ruhiger. Lächelnd sah sie Henry an und sagte: „Gib mir Deine Hand." Henry legte sich vorsichtig zu ihr und nahm ihre Hand. So lagen sie lange da. Die Schmerzen kamen zurück und Henry stand kurz auf, um ihr eine neue Dosis Laudanum zu geben. Dann legte er sich wieder zu Annika.

So lagen sie Hand in Hand da und schauten sich an. Annika lächelte und sagte leise: „Ich liebe Dich." Dann schloss sie ihre Augen und der Druck ihrer Hand ließ nach. Henry schloss seine Augen ebenfalls, bis er merkte, dass etwas anders war. Annika atmete nicht mehr.

9

Henry war wie betäubt. Für ihn war eine Welt zusammengebrochen. Er zog sich in die Bibliothek zurück und betrank sich sinnlos. Morgens erwachte er auf dem Boden, in seinem eigenen Erbrochenen liegend. Angeekelt stand er auf und zog sich frische Sachen an. Dann beseitigte er seinen Schmutz und entsorgte ihn diskret auf dem Misthaufen am Pferdestall.

Die kühle Herbstluft tat ihm gut. Toby, der Stallbursche, trat aus dem Pferdestall. Für ihn begann der Arbeitstag damit, die Pferde auf die Koppel zu führen. Als er Henry sah, trat er auf ihn zu und fragte: „Soll ich Ihnen Amy satteln, Sir?" Eigentlich war das eine gute Idee. Das würde seinen Kopf freimachen. „Ja bitte", antwortete Henry.

Tatsächlich taten die kühle Luft und die Geschwindigkeit der jungen Stute Henry gut. Im Galopp jagte er über die Brücke und folgte dann dem Verlauf des Wingham Rivers. Nach einer Weile war das Flüsschen so schmal, dass er bequem ans andere Ufer springen konnte. Durch einen parkähnlichen Wald erreichte er einen Hügel, von dem aus sich eine Sichtachse zum Gartenpavillon und dem Herrenhaus bildete. Hier oben hatte man den ersten Blick auf die Morgensonne.

Henry wurde sofort klar, dass dies der ideale Ort für Annikas Grabmal war. Hier oben würde er einen griechischen Tempel für seine Frau bauen lassen und eines Tages, sollte er nicht auf See bleiben, würde er hier an ihrer Seite liegen.

Sofort ritt er hinunter zu Knights Manor und machte sich stadtfein. Dann saß er wieder auf und jagte mit Amy nach Canterbury, das nur wenige Kilometer hinter Wingham liegt. Hier würde er die Männer finden, die seinen Plan verwirklichen konnten.

Bei der Kathedrale wurde er fündig. Dort befand sich das Haus eines Baumeisters und Bildhauers, der normalerweise am Erhalt der Kathedrale arbeitete. Zunächst war er nicht an dem Auftrag interessiert, doch als ihm Henry einen Beutel voller Guinees, die ein kleines Vermögen darstellten, auf den Tisch legte, änderte sich seine Einstellung und er versprach, das Mausoleum innerhalb weniger Wochen zu errichten.

Zufrieden kehrte Henry nach Knights Manor zurück. Dort teilte er Mutter Hanssen seine Pläne mit. Annika sollte zunächst provisorisch hinter dem Gartenpavillon beigesetzt werden. Nach der Fertigstellung des Mausoleums sollte sie dann dort ihre letzte Ruhe finden.

Drei Tage später fand die Beisetzung statt. Annika wurde in einem schlichten Eichensarg bestattet, im Mausoleum würde sie später in einem Marmorsarg liegen. Neben Henry und Mutter Hanssen nahmen auch die Pächter und die Lutwidges an der Beisetzung teil.

Der Pfarrer fand nach Henrys Gefühl genau die richtigen Worte, um Annikas Persönlichkeit gerecht zu werden. Sie hatte zwar nicht lange in Knights Manor gelebt, aber bei jedem, der sie in dieser Zeit kennenlernen durfte, mit ihrer herzlichen und mitfühlenden Art einen tiefen Eindruck hinterlassen.

Anschließend lud Henry die Trauergemeinde zum Leichenschmaus ins Herrenhaus ein. Wie so oft bei solchen Gelegenheiten löste sich die Trauer der meisten Anwesenden ein wenig auf, indem man sich lustige Anekdoten über die Tote erzählte. Die Feier wurde durch einen Marineinfanteristen gestört, der eine wichtige Depesche für Admiral Lutwidge hatte.

Der Admiral zog sich zum Lesen in einen Nebenraum zurück. Nach wenigen Augenblicken kehrte er zurück und winkte Henry zu sich. „Gibt es Neuigkeiten, Sir?", fragte Henry ganz förmlich, denn offensichtlich handelte es sich um eine dienstliche Angelegenheit. Skeffington Lutwidge nickte und antwortete: „Es gibt Nachrichten aus Paris. General Bonaparte ist in Frankreich gelandet."

„Es wird also Ärger geben", stellte Henry fest. „Das stimmt, wobei es den Ärger zunächst in Paris geben wird, aber schon bald wird sich Bonapartes Blick wieder auf Großbritannien richten, denn das beste Mittel, um von Problemen im Innern abzulenken, war schon immer ein Krieg", bestätigte der Admiral.

„Und für mich heißt das…", begann Henry. „Dein Urlaub ist schon bald vorbei, aber ich glaube, das ist ohnehin das Beste für Dich", unterbrach ihn Lutwidge. „Aber meine Tochter", gab Henry zu bedenken. „Die kleine Juliette ist doch bei Deiner Schwiegermutter in den besten Händen und Catherine wird auch so oft wie möglich nach ihr schauen", sagte Skeffington Lutwidge lächelnd.

10

Bonapartes Rückkehr nach Frankreich versetzte nicht nur die Politiker in Paris in helle Aufregung. Auch in London fragte man sich, was der umtriebige General im Schilde führte. Am 9. November war es dann soweit. Mit der Unterstützung ihm ergebener Truppen setzte er die Versammlung der Fünfhundert[22] auf Schloss Saint-Cloud fest. Das Direktorium zwang er zum Rücktritt, wobei zwei von ihnen als angebliche Neujakobiner verhaftet wurden. Mit den ehemaligen Direktoren Seyés und Ducos bildete er als neue Regierung Frankreichs das Konsulat, mit ihm selbst als Ersten Konsul und de facto Alleinherrscher an der Spitze. Damit endete die Revolution.

Henry du Valles Urlaub endete ebenfalls. Ein berittener Sergeant der Marineinfanterie brachte einen Brief von Admiral Lutwidge, in dem er darum gebeten wurde, sich seefertig zu machen, und umgehend nach Deal zu kommen. Seit dem Gespräch nach Annikas Begräbnis saß Henry ohnehin auf gepackten Koffern.

Er ließ sich einen Mantelsack[23] auf sein Pferd schnallen, der die wichtigsten Reiseutensilien enthielt und verabschiedete sich von seiner Tochter und Mutter Hanssen. „Bleib nicht zu lange fort, damit Dich Juliette nicht als Fremden betrachtet", mahnte seine Schwiegermutter. Henry versprach es, wobei er sich insgeheim gestehen musste, dass er nicht im Geringsten einschätzen konnte, wohin ihn seine Befehle verschlagen würden. Dann schwang er sich aufs Pferd und ritt los. Seine Männer sollten ihm schnellstmöglich mit dem großen Gepäck folgen.

---

[22] 1795 – Ende 1799 die untere Kammer des französischen Parlaments.
[23] Vorwiegend von Reitern verwendete Reisetasche, die am Sattel befestigt wurde.

Nach ungefähr anderthalb Stunden erreichte er Deal. Die *Overyssel*, Admiral Lutwidges Flaggschiff, lag mit einem kleineren, etwas schlampig wirkenden Zweidecker vor Walmer Castle. Henry wusste jedoch, dass der Admiral eine Villa in der Nähe der Festung bewohnte und sich dort auch seine Geschäftsräume befanden. Dorthin wandte er sich jetzt.

Die Posten vor dem Eingangsportal zeigten Henry, dass Admiral Lutwidge anwesend war. Ein Diener nahm ihn in Empfang. Als Freund der Familie musste er nicht im kleinen Warteraum Platz nehmen, sondern der Diener führte ihn zu Mrs. Lutwidge. „Henry, da bist Du ja schon. Wie geht es unserer kleinen Juliette?", begrüßte sie Henry. „Danke, es geht ihr gut. Sie hat einen gesunden Appetit und man kann ihr beim Wachsen förmlich zuschauen", antwortete Henry.

Ein Sekretär trat ein und bat Henry zum Admiral. Skeffington Lutwidge erhob sich von seinem Schreibtisch und begrüßte Henry mit einem Lächeln. „Schön, dass ich so rasch auf Dich zählen kann", sagte er und sein Lächeln verschwand. „Gibt es Probleme, Sir?", fragte Henry nun ganz förmlich, denn im Dienst kannte Admiral Lutwidge weder Freunde noch Verwandte. Skeffington Lutwidge nickte mit bekümmerter Miene und antwortete: „Eine ganz scheußliche Angelegenheit, die mit äußerster Diskretion behandelt werden sollte. Es tut mir leid, Dich damit behelligen zu müssen, aber hier brauche ich einen Kommandanten, auf den ich mich zu einhundert Prozent verlassen kann." „Worum geht es, Sir?", fragte Henry besorgt.

„Vielleicht ist Dir bei Deiner Ankunft in Deal die *Goose* aufgefallen, ein Zweidecker mit vierundfünfzig Kanonen. Wir haben sie den Holländern kurz nach Camperdown weggenommen. Captain Hollum war mit ihr den Sommer über in der Ostsee. Als sie gestern in Deal eintraf, signalisierte sie „Meuterei an Bord" und Captain Hollum wurde unter Bewachung an Land gebracht", berichtete Admiral Lutwidge. „Das heißt, die Meuterer sind nach Deal gekommen? Warum bringen sie sich nicht nach Frankreich in Sicherheit?", fragte Henry überrascht. „Das würden wir uns hier alle fragen, wenn die Sache nicht noch mysteriöser wäre, denn angeblich hat es gar keine wirkliche Meuterei gegeben", sagte der Admiral. „Und was sagt Captain Hollum dazu", fragte Henry. „Der scheint völlig den Verstand verloren zu haben. Es ist kein vernünftiges Wort aus ihm herauszubringen", antwortete Lutwidge.

„Sir, wie lautet mein Auftrag?", fragte Henry nun. Admiral Lutwidge sah ihn scharf an und sagte: „Dein Befehl lautet, das Kommando der *Goose* zu übernehmen und mit ihr schnellstmöglich zur holländischen Küste zu segeln. Wie Du sicherlich weißt, ziehen sich unsere Invasionstruppen unter dem Kommando des Herzogs von York von dort zurück, nachdem er ein entsprechendes Abkommen mit dem französischen Befehlshaber vor Ort getroffen hat. Wir wollen verhindern, dass die Franzosen vertragsbrüchig werden und unsere Transportflotte angreifen. Das wird jedoch der leichteste Teil der Aufgabe sein. Viel schwieriger ist es, eine Mannschaft, in der es zumindest zu gären scheint, wieder unter Kontrolle zu bringen, und zu einer kampfstarken Einheit zu formen."

„Ich soll also vor allem das Schiff in den Griff bekommen und herausfinden, was auf der *Goose* passiert ist", fasste Henry zusammen. „Das wird schwer genug, aber wir brauchen die *Goose* auch vor der holländischen Küste, so riskant das sein mag, denn die Meuterer könnten sich immer noch entschließen, eine französisch kontrollierte Küste anzulaufen", sagte Admiral Lutwidge bestätigend.

Dann wurde er wieder zum Privatmann. „Komm Henry, lass uns ein Glas auf Dein erstes richtiges Kommando als Vollkapitän trinken, während mein Sekretär Deine Bestallung ausstellt", sagte er und bat Henry in seine Bibliothek. Ein Diener servierte Rotwein. Nachdem sie sich zugetrunken hatten, fragte Lutwidge: „Hast Du schon eine Vorstellung, wie Du vorgehen willst?" „Bisher war ich noch nie in dieser Situation, aber ich denke, am besten trete ich mein Kommando ganz normal an und setze zunächst einmal auf eiserne Disziplin. Alles andere wird sich ergeben", antwortete Henry. Admiral Lutwidge nickte zustimmend und sagte: „Auf keinen Fall solltest Du irgendeine Schwäche zeigen. Wir sind ja beide keine Freunde der neunschwänzigen Katze, aber hier wird es unter Umständen nicht ohne gehen." „Wurden eigentlich die Offiziere befragt?", erkundigte sich Henry nun. „Nein, mir ging es zunächst darum, die *Goose* vollständig zu isolieren. Deshalb liegt sie ja auch unter den Kanonen von Walmer Castle. Du weißt selbst, wie schnell sich eine Meuterei in der Flotte ausbreiten kann. Alles Weitere wollte ich dem neuen Kommandanten überlassen", antwortete der Admiral.

Henry schaute nachdenklich auf sein Glas und fragte dann: „Was ist über die Offiziere der *Goose* bekannt? In Offiziers-

kreisen spricht man immer wieder davon, dass die Admiralität Dossiers über alle Offiziere der Navy führen soll."
Admiral Lutwidge lachte und sagte: „Ich erinnere mich, als junger Leutnant habe ich auch davon gehört. Nur enthält die Akte nur Angaben über Dienstzeiten und Schiffe, aber natürlich auch Kriegsgerichtsprozesse. Da die *Goose* mir unterstellt ist, kann ich Dir ein wenig mehr zu den Offizieren sagen."

Henry beugte sich interessiert vor und der Admiral begann: „Leutnant Haygarth ist ein alter Hase. Er bekam sein Offizierspatent am Ende des Krieges gegen die Kolonien und verbrachte seitdem auch in Friedenszeiten die meiste Zeit auf See. Da er es bisher noch nicht zu einem eigenen Kommando gebracht hat, lässt ihn das als Pechvogel erscheinen, doch er hätte zweifellos das Zeug dazu. Leutnant Bowen hat sein Patent 1797 nach der Meuterei in Spithead bekommen. Dort erwies er sich als besonnener Offizier. Er soll einen guten Draht zu den Mannschaften gehabt haben und bewahrte damals seinen Kommandanten davor, getötet zu werden. Die Leutnants Osmond und Hall sind beide unbeschriebene Blätter. Hall soll ein Protegé von Admiral Hotham sein."

„Und die Offiziere der Seesoldaten?", fragte Henry nun. „Was kann man über Marineinfanteristen sagen? Zuverlässig und phantasielos fällt mir dazu ein", lachte Admiral Lutwidge, „Oberleutnant Burne hat auf der *Terrible* unter mir gedient. Damals war ich noch Captain. Leutnant Eyre ist ein interessanter Mann. Tatsächlich ist er Viscount[24] Rydale, doch im Dienst verwendet er seinen Titel nicht."

Nach diesen Ausführungen wartete schon der nächste Termin auf Admiral Lutwidge und er überließ Henry seiner Frau, die nicht genug von der kleinen Juliette hören konnte. Schließlich brachte der Sekretär die Bestallung als Kommandant der *Goose* und Henry verabschiedete sich. Er war nervös und fragte sich, was ihn auf seinem neuen Schiff erwarten würde.

11

Henry begab sich direkt zum Strand. Deal hatte keinen richtigen Hafen, die Schiffe lagen hier zwischen den Goodwin Sands und dem Strand auf Reede. Er wollte ein Boot suchen und sich zur *Goose* übersetzen lassen. „Sir, hallo Sir!" Eine vertraute Stimme riss Henry aus seinen Gedanken. Er blickte sich um und sah Charlie Starr auf sich zu laufen. „Du kommst gerade richtig, ich wollte mich zur *Goose* übersetzen lassen", sagte Henry irgendwie erleichtert.

Kurz hinter Charlie Starr kamen Sean Rae, O'Brian und Giorgio gelaufen. Henry würde also mit einer kleinen Eskorte an Bord gehen können. Ein Boot war rasch gefunden. Etliche Männer aus Deal verdienten ihren Lebensunterhalt mit Fährdiensten zwischen den Schiffen auf Reede

---

[24] Britischer Adelstitel zwischen Baron und Earl (deutsch: Vizegraf)

und dem Festland. Charlie Starr verscheuchte den Bootsführer von der Hecksducht und nahm das Steuer in die Hand. Dann ging es hinüber zur *Goose*. „Boot ahoi!", wurden sie angerufen. „*Goos*e!", antwortete Charlie Starr und zeigte damit an, dass sich der Kommandant an Bord befand.

Bestimmt würde jetzt an Bord der *Goose* ein hektisches Treiben einsetzen, dachte sich Henry. Deshalb sagte er zu Charlie Starr: „Fahre einmal ums Schiff." So konnte er sich auch einen ersten Eindruck verschaffen und die Mannschaft bekam etwas mehr Zeit, sich auf den Empfang des neuen Kommandanten vorzubereiten. Das Heck war goldverziert und mit einem Wappen geschmückt, das von Löwen und blauweißen Rauten geviertelt war. Den Boden des Wappens zierte tatsächlich eine Gans. Etwas bedauernd stellte Henry fest, dass die *Goose* keinen Heckbalkon besaß, wie er ihn schon auf einigen Zweideckern schätzen gelernt hatte. Von der Seite sah die *Goose* wie ein echtes Linienschiff[25] aus, nur, dass sie ungefähr zehn Meter kürzer war, weshalb sie einen recht gedrungenen Eindruck machte. Tatsächlich hatte sie jedoch sehr schnittige Linien und Henry verliebte sich auf Anhieb in sie. Nun musste er nur noch seine Mannschaft in den Griff bekommen.

Die Runde war beendet und das Boot legte an. Als Ranghöchster stieg Henry als erster aus. Jetzt nur nicht abrutschen, dachte er bei sich, als er die ausgebrachte Jakobslei-

---

[25] Kriegsschiff mit zwei oder drei Geschützdecks, das stark genug war, in der Schlachtlinie eingesetzt zu werden.

ter packte. Sobald er die Pforte erreichte, wurde er von einer Ehrenwache der Marineinfanterie begrüßt. Zwei Querpfeifer und ein Trommler intonierten „Hearts of Oak"[26].

Henry grüßte die Flagge am Heck und schritt dann entlang der Ehrenwache auf einen ältlichen Leutnant zu, der ungefähr vierzig Jahre alt sein mochte. Der Leutnant lüftete seinen Hut und sagte: „Eurer Diener Sir, mein Name ist Haygarth, ich bin der Erste Leutnant. Ich begrüße Sie auf der *Goose*" „Danke, Mr. Haygarth", antwortete Henry. „Wenn ich Ihnen die Offiziere vorstellen darf, Sir", fuhr Leutnant Haygarth fort.

Die Offiziere und Decksoffiziere hatten in einer langen Linie Aufstellung genommen. Leutnant Bowen war fast so groß wie Henry, womit er die ganze Reihe überragte. Er hatte ebenfalls blonde Haare und einen offenen Blick, als er Henry mit einem Lächeln begrüßte. Die Leutnant Osmond und Hall wirkten neben ihm fast noch wie Kinder. Osmond hatte leuchtend rote Haare und sprach mit einem typisch irischen Akzent. Leutnant Hall wirkte sehr affektiert. Ein Mann, der sich seines Standes bewusst war. Er hatte seine schwarzen Haare wie Lord Nelson zu einem Zopf zusammengebunden. Henry hoffte, dass nicht nur diese Äußerlichkeit an Nelson erinnern möge. Oberleutnant Burne war der typische Marineinfanterist, korrekt bis auf die Knochen, aber mit einem wachen Verstand. „Sir, ich hörte, Sie haben bei Akkon gekämpft. Dann kennen Sie also unser Geschäft", sagte er. „In der Tat, ich habe gelernt, was es heißt, als Infanterist zu kämpfen", antwortete Henry mit einem Lächeln. Der letzte Offizier in der

---

[26] Heute die offizielle Hymne der Royal Navy

Reihe war Leutnant Eyre. Etwas untersetzt wirkte er trotzdem wie ein kleiner Bruder von Leutnant Bowen. Aber er wird nicht weiterwachsen, dachte Henry bei sich und konnte sich ein Grinsen nicht verkneifen. „Sir?", sah ihn Leutnant Eyre fragend an. „Oh, es ist nichts, Sie erinnerten mich nur an einen Bekannten", antwortete Henry.

Nun folgten die Decksoffiziere. Mr. Benson war für einen Master auf einem Schiff der 4. Rate[27] noch recht jung. Er musste also außergewöhnlich kompetent sein, schloss Henry daraus für sich. Doktor Reid wirkte wie der typische Landarzt. „Wo haben Sie studiert?", fragte Henry. „In Edinburgh, Sir", antwortete Doktor Reid. „Man hört viel Gutes von der dortigen medizinischen Fakultät", sagte Henry, was ihm ein wohlwollendes Lächeln des Schiffsarztes einbrachte. Mr. Miller war der Zahlmeister. Auf Henry wirkte er nicht wie die typische Krämerseele. Ob er ehrlich war, würde sich zeigen. Der Bootsmann, Mr. Brown, war ebenfalls noch jung für seinen Job. Ein Blick auf den Zustand der Takelage sagte Henry, dass er wohl noch zu lernen hatte. Mr. James war der Stückmeister, ebenfalls ein junger Mann und kein Vergleich zum guten alten Mr. Potter von der *Mermaid*. Der Schiffszimmermann, Mr. White, war der älteste Decksoffizier. Solide wie eine Eiche, war Henrys Eindruck.

Hinter den Decksoffizieren kamen die jungen Gentlemen. Sie würde Henry später genauer kennenlernen. Nun galt es

---

[27] Die von Vollkapitänen befehligten Schiffe der Royal Navy waren in 6 Raten eingeteilt (rated ships). Alle kleineren Schiffe unter dem Kommando eines Commanders oder Leutnants galten als unrated vessels.

zunächst, das Kommando offiziell zu übernehmen. „Mr. Haygarth, lassen Sie bitte „Alle Mann nach Achtern" pfeifen, ich möchte mich einlesen"; sagte Henry. Es war Brauch in der Royal Navy, dass ein neuer Kommandant seinen Ernennungsbefehl vor der versammelten Mannschaft verlas. Von da an hatte er tatsächlich das Kommando über sein Schiff, mit allen Rechten und Pflichten. Leutnant Haygarth wiederholte den Befehl und sofort ließen Bootsmann und Bootsmannsmaate ihre Pfeifen ertönen. Gemessen am Tempo, wie die Mannschaft reagierte, lag hier vielleicht doch einiges im Argen.

Henry registrierte eine kurze Rangelei zwischen Charlie Starr und einem riesigen Mann, der Charlie leise zuraunte: „Speichellecker überleben hier nicht lange." Charlie Starr war ein untersetzter Mann, den seine Gegner leicht unterschätzten, aber er hatte Muskeln aus Stahl. Er sah seinem Widersacher tief in die Augen und sagte: „Troll Dich, Kumpel, mit Kerlen wie Dir bin ich noch immer fertig geworden." Der Hüne reagierte leicht irritiert. Er konnte Charlie Starr schlecht einschätzen und rückte lieber von ihm ab.

„Ruhe an Deck!", befahl Leutnant Haygarth. Henry entfaltete seinen Befehl und verlas ihn. Sobald er fertig war sagte er: „Das ist nicht mein erstes Kommando, also versucht gar nicht erst, mich wie einen Neuling zu behandeln, dann werden wir uns gut verstehen." Das klang recht hart für einen Neubeginn, doch solange Henry nicht wusste, was an Bord vorgefallen war, wollte er Stärke und Entschlossenheit zeigen.

Nachdem die Besatzung weggetreten war, ließ sich Henry das Schiff zeigen. Er wusste, dass die Niederländer gute Schiffsbauer waren und das zeigte sich auch auf der *Goose*. Allerdings hatte die Königliche Werft in Chatham die Bewaffnung den Erfordernissen der Royal Navy angepasst. Auf dem oberen Kanonendeck waren vierundzwanzig Zweiunddreißigpfünder Karronaden aufgestellt worden, während sich im unteren Kanonendeck vierundzwanzig lange Vierundzwanzigpfünder befanden. Dazu kamen noch zwei Sechspfünder als Jagdgeschütze auf der Back und sechs Zweiunddreißigpfünder Karronaden auf dem Poopdeck. Das war, wie Henry feststellte eine durchaus ansehnliche Bewaffnung, mit der die *Goose* jeder Fregatte gefährlich werden konnte, und selbst manches Linienschiff der 3. Rate würde daran zu knabbern haben.

Was Henry jedoch auch auffiel, war eine gewisse Schludrigkeit an Bord. Da war er in der Royal Navy bisher anderes gewohnt. Heute sah er geflissentlich darüber hinweg, denn er war schließlich nur mit wenigen Minuten Vorwarnung an Bord erschienen, doch schon morgen würde er seine Vorstellungen von shipshape[28] mit aller Konsequenz durchsetzen.

Wenn er durch die dicht besetzten Decks ging, immerhin hatte die *Goose* eine Besatzung von dreihundertfünfzig Mann, spürte er noch etwas, das zwar nicht offensichtlich, jedoch latent vorhanden war. Da war eine gewisse Aufsässigkeit und Ablehnung unter den einfachen Matrosen zu spüren. Henry war von frühester Kindheit an auf den Schiffen seines Vaters unterwegs gewesen und hatte dabei

---

[28] Ordentlich gemäß dem Maßstab der Royal Navy

ein sehr feines Gespür für die Stimmung an Bord eines Schiffes entwickelt. Und hier war die Stimmung eindeutig schlecht. Wenn er eine kampfstarke Mannschaft formen wollte, was sein erklärtes Ziel war, musste er in Erfahrung bringen, was an Bord falsch lief.

12

Henry du Valle hatte bisher immer nur Schiffe direkt von der Werft übernommen, so dass sich der bürokratische Aufwand aufgrund der jungfräulichen Bücher in Grenzen hielt. Bei der Übernahme eines in Dienst befindlichen Schiffs sah es anders aus. Hier mussten die exakten Bestände vom alten Kommandanten übergeben und vom neuen übernommen werden. Da der alte Kommandant noch immer nicht ansprechbar war, sprang der kommandierende Admiral ein. Kraft seiner Autorität konnte er etwas großzügiger sein, als ein einfacher Kommandant. Er beauftragte Henry mit der Ermittlung der vorhandenen Bestände. Was ermittelt wurde, würde er abzeichnen. Eventuelle Unstimmigkeiten wären dann das Problem der Bürokraten.

Demnach hätte es sich Henry leichtmachen können, indem er einfach die Bestände des Zahlmeisters und der einzelnen Gewerke wie Bootsmann, Zimmermann und so weiter übernahm. So einfach wollte es Henry seinen Pappenheimern nicht machen. Er beauftragte sie mit einer Inventur und kündigte stichprobenartige Kontrollen an. Tatsächlich machte er diese Ankündigung bei jedem, der seine

Bücher vorlegte, wahr. Offenbar hatte seine Drohung Wirkung gezeigt, denn bis auf eine kleine Differenz bei den Ersatzrahen fand er keinen Grund zur Beanstandung.

Während die Inventuren liefen, führte Henry erste Gespräche mit den Offizieren. Das brachte auch Licht in die Vorgänge um Captain Hollum. Doktor Reid berichtete von einem Block, der sich während eines Sturms gelöst und den Captain am Kopf getroffen hatte. Äußerlich war es scheinbar nur eine Platzwunde, verbunden mit einer Gehirnerschütterung, doch im Laufe der folgenden Tage machte sich eine deutliche Persönlichkeitsveränderung bei Captain Hollum bemerkbar. Er war zunehmend unkonzentriert und sprunghaft. Schließlich kam es zu Besäufnissen mit Teilen der Mannschaft. Ein Kommandant war an Bord immer wie ein kleiner König, doch Captain Hollum fühlte sich nun auch als ein solcher und benahm sich entsprechend. Doktor Reid kam zu der Diagnose, dass sich eventuell ein Blutgerinnsel unter der Schädeldecke gebildet hatte oder ein Knochensplitter auf das Gehirn drückte. Er wollte trepanieren, doch der Captain lehnte das ab.

Henry sprach Leutnant Haygarth auf diesen Bericht des Doktors an. Haygarth nickte bekümmert und sagte: „Was der Doktor erzählt, ist die Wahrheit. Mit seiner unberechenbaren Art verwandelte Captain Hollum die *Goose* in eine schwimmende Hölle. Dabei ist er ein ausgezeichneter Kommandant. Wir wollten ihm helfen, doch er stellte fast alle Offiziere unter Arrest. Als ich ihn gemeinsam mit Doktor Reid dienstunfähig erklären wollte, wurden wir von seinen Saufkumpanen überwältigt und sollten aufgehängt werden. Unser aller Glück war, dass Leutnant Eyre einschritt und den Captain unter Arrest stellte."

„Ein mutiger Schritt für den jüngsten Offizier an Bord", stellte Henry fest. „Ja und nein, denn immerhin ist er der einzige Mann an Bord, der nichts zu verlieren hat. Ich weiß nicht, ob Ihnen bekannt ist, dass er ein echter Lord ist", erwiderte Haygarth. „Das ist mir bekannt. Wie haben sich die anderen Offiziere verhalten?", fragte Henry. „Wie ich erwähnte, standen die meisten Offiziere unter Arrest. Das betraf Mr. Bowen, der übrigens Leutnant Eyre tatkräftig unterstützte, Mr. Burne, Mr. Benson, Mr. Miller, den Doktor und mich. Die anderen Decksoffiziere hielten sich zurück und verrichteten ihren Dienst. Was sollten sie auch sonst tun", berichtete Mr. Haygarth."In Ihrer Aufzählung vermisse ich zwei Offiziere", stellte Henry fest. „Ja, Mr. Osmond und Mr. Hall beteiligten sich leider an den Ausschweifungen in der großen Kajüte", antwortete der Leutnant.

Nach dem Gespräch mit seinem Ersten Leutnant befahl Henry die genannten Offiziere zu sich. „Gentlemen, ich habe wenig Rühmliches über Ihre Rolle in den letzten Tagen gehört. Haben Sie mir dazu noch etwas zu sagen?", fragte Henry. Leutnant Osmond schüttelte betrübt den Kopf, während ihn Leutnant Hall herausfordernd ansah. „Das tut mir leid. Unter den gegebenen Umständen möchte ich Ihnen nahelegen, sich ein anderes Schiff zu suchen. Auf der *Goose* habe ich keine weitere Verwendung für Sie. Da Sie noch jung sind, möchte ich Ihnen wegen eines Moments der Schwäche nicht die Zukunft verbauen und werde Ihre Rolle hier an Bord nicht erwähnen. Das wäre alles", sagte Henry.

Während sich Leutnant Osmond in Dankbezeugungen erging, sagte Leutnant Hall nur: „Sie sind der Captain, Sir, weshalb ich das akzeptieren muss. Seien Sie jedoch sicher, dass ich das nicht auf sich beruhen lassen werden. Immerhin standen wir als Einzige treu zum Kommandanten."

Dann verschwanden die beiden Offiziere. Charlie Starr kam herein und stellte fest: „Irgendwie ist die Luft jetzt besser, Sir, aber Ihnen fehlen nun zwei Offiziere." Henry lachte: „Sei nicht so frech, Kerl, sonst mache ich Dich zum Leutnant."

Aber immerhin hatte sein Bootssteurer nicht unrecht. Ihm fehlten jetzt zwei Offiziere. Normalerweise wäre das kein Problem gewesen, denn an Offizieren gab es in der Royal Navy keinen Mangel. Nur gute Toppgasten waren dünn gesät. Doch er sollte schnellstmöglich auslaufen und Deal war nur ein kleines Städtchen.

Henry ließ Leutnant Haygarth rufen, um ihm die neue Lage mitzuteilen. Leutnant Haygarth teilte seine Meinung, dass sich Osmond und Hall für ihre Stellung an Bord selbst disqualifiziert hatten. „Um den jungen Osmond ist es vielleicht schade, aber immerhin haben Sie ihm ja alle Wege für einen Neuanfang offengelassen, Sir", sagte er. „Fällt Ihnen jemand unter unseren jungen Gentlemen ein, den wir zumindest als diensttuenden Leutnant einsetzen könnten?", fragte Henry. Die Reaktion kam prompt. „Nein Sir, beim besten Willen nicht", sagte Haygarth mit einem Schmunzeln. Henry nickte verstehend und sagte mit leichter Resignation in der Stimme: „Dann werde ich wohl Admiral Lutwidge um Ersatz bitten müssen. Ich hoffe nur, dass er mir es nicht übelnimmt, wenn ich nicht ganz offen zu ihm sein kann, aber immerhin habe ich den beiden

Leutnants versprochen, ihre Verfehlung diskret zu behandeln."

Henry befahl, seine Gig auszusetzen. Während er sich umzog, kam Jeeves zu ihm in die Schlafkabine und meldete: „Sir, da ist ein Besucher für Sie." Eigentlich hatte Henry jetzt keine Zeit für Besucher, doch Jeeves lächelte so eigentümlich, dass er neugierig wurde und sagte: „In Ordnung, er soll kurz warten." Als er fertig angezogen war, begab er sich in seine Tageskajüte. Hier erwartete ihn ein bekanntes Gesicht, das ihn anstrahlte.

„Nutton", rief Henry freudig überrascht aus, denn es handelte sich tatsächlich um seinen Signalfähnrich von der *Mermaid*. „Wie kommen Sie denn nach Deal?", fragte Henry. Mr. Nutton war die Freude seines ehemaligen Kommandanten nicht entgangen, weshalb er leicht errötend antwortete: „Sir, Ich habe die Zeit meines Urlaubs genutzt, nach London zu fahren und mich zur Leutnantsprüfung anzumelden. Immerhin bin ich ja letzten Monat neunzehn geworden und meine sechs Jahre habe ich auch geschafft." „Und wie ist es ausgegangen?", fragte Henry. „Nun, man fragte mich, was ich tun würde, wenn sich mein Schiff auf Legerwall[29] befindet, aber die rettende Wende unmöglich ist, weil der Bug einfach nicht durch den Wind gehen will", antwortete Mr. Nutton. „Ich hoffe doch, Sie kannten die Antwort", sagte Henry schmunzelnd, denn exakt diese Frage hatte man ihm bei seiner Leutnantsprüfung gestellt und er erzählte seinen jungen

---

[29] Legerwall bezeichnet eine Situation, in der ein Schiff durch auflandigen Wind an eine Küste getrieben wird.

Gentlemen immer wieder gern davon. „Natürlich, Sir, das war doch auch Ihre Frage", antwortete Mr. Nutton stolz. „Dann kann man wohl gratulieren", stellte Henry zufrieden fest, denn der Erfolg seines ehemaligen Kadetten war ja irgendwo auch ein Erfolg seines ehemaligen Kommandanten. „Ja Sir", rief Mr. Nutton strahlend und präsentierte seine Prüfungsbescheinigung, „Nur leider habe ich momentan noch kein Schiff und werde als passed Midshipman auf die *Valletta* zurückkehren, falls ihr neuer Kommandant mich nehmen sollte. Ich wollte Sie deshalb um ein Empfehlungsschreiben bitten, Sir."

Manche Dinge regeln sich doch tatsächlich von selbst, dachte sich Henry, bevor er sagte: „Mit einem Schiff kann ich Ihnen möglicherweise helfen. Wie der Zufall es will, bin ich gerade auf dem Weg zu Admiral Lutwidge, weil bei mir zwei Offiziersstellen unbesetzt sind. Geben Sie mir Ihre Bescheinigung und ich werde schauen, was sich tun lässt."

Mr. Nutton floss förmlich über vor Dankbarkeit, denn damit hatte er nicht rechnen können. Natürlich bekundete er Henry auch seine Anteilnahme, denn bevor er nach Deal kam, hatte er in Knight Manor vorgesprochen und dort von seinem Verlust erfahren. Henry schlug Mr. Nutton vor, an Bord auf ihn zu warten, doch da er sein Gepäck in einem Gasthof zurückgelassen hatte, wollte er lieber mit an Land kommen. Natürlich konnte Henry verstehen, dass der junge Mann so schnell wie möglich erfahren wollte, ob es mit seiner Beförderung klappte. Also lud er Mr. Nutton ein, ihn an Land zu begleiten.

13

Admiral Lutwidge wollte sich gerade zum Lunch begeben, als Henry mit seinem Begleiter eintraf. Er lud die beiden jungen Männer ein, ihm Gesellschaft zu leisten. Zunächst nahm er jedoch Henry zur Seite und fragte: „Weißt Du inzwischen, was auf der *Goose* vorgefallen ist?" „Ja, Sir, letztendlich hatte Captain Hollum während eines Sturms einen Unfall. Doktor Reid war der Meinung, dass eine Operation dringend geboten sei, doch Captain Hollum widersetzte sich dem Arzt. Am Ende verschlechterte sich sein Zustand so sehr, dass man ihn ins Hospital bringen musste. Das muss jemand falsch gedeutet haben, weshalb er das bewusste Signal setzte."

Der Admiral war sichtlich erleichtert. Nichts war unangenehmer als ein Kriegsgericht nach einer Meuterei, da es fast immer auf die Todesstrafe hinauslief. Henry wollte sich die gute Laune zunutze machen, indem er fortfuhr: „Übrigens haben sich die Leutnants Osmond und Hall dazu entschieden, von der *Goose* abzumustern. Ich brauche also zwei neue Leutnants. Mr. Nutton wäre für mich ein geeigneter Bewerber. Er hat seine Leutnantsprüfung bestanden und ich kenne ihn schon von der *Mermaid*."

Admiral Lutwidge sah Henry ein wenig nachdenklich an und fragte: „Willst Du hier etwas unter den Teppich kehren, mein Junge?" „Nicht direkt. Die beiden jungen Leutnants haben nur etwas von ihrer Autorität an Bord der *Goose* eingebüßt, weshalb ich es für besser hielt, ihnen anderswo einen Neuanfang zu ermöglichen", antwortete Henry. „Ich sehe, Du warst wirklich der richtige Mann für diese delikate Angelegenheit. Unter allen Umständen sollte ein Skandal verhindert werden, was Dir glänzend gelungen ist. Die beiden Leutnants bekommen keinen Vermerk in ihre Akte, so wie Du es ihnen vermutlich versprochen hast", sagte Admiral Lutwidge.

Nun kehrten sie zu Mr. Nutton zurück und Admiral Lutwidge sagte: „Captain du Valle hat sich sehr für Sie eingesetzt, junger Mann. Lassen Sie mich der Erste sein, der Ihnen zu Ihrer Ernennung zum Leutnant gratuliert." Mr. Nutton war völlig überwältig und brachte nur gestammelte Dankesworte heraus. Das Essen verlief sehr harmonisch und bei bester Stimmung, denn Admiral Lutwidge liebte es, seinen Untergebenen gute Nachrichten zu überbringen.

Nach dem Essen kehrten sie zur Residenz des Admirals zurück, wo Mr. Nutton sein Leutnantpatent erhalten sollte. Derweil schaute sich Henry im Warteraum der Leutnants um. Vielleicht fand sich hier ja ein geeigneter Mann für den noch vakanten Posten.

Sein Blick fiel auf ein bekanntes Gesicht: Leutnant Faucon. „Nanu Leutnant, was hat Sie denn nach Deal verschlagen?", fragte Henry. Der Leutnant erhob sich, strich sich kurz durch sein etwas wirres Haar und sagte: „Guten Tag, Sir. Seit meiner Aussage im Kriegsgerichtsprozess bin ich ohne Anstellung. Die *Valletta* wurde ja außer Dienst gestellt und in die Werft verbracht und mich wollte kein Kommandant auf sein Schiff nehmen. Also fuhr ich nach London…" „Kommen Sie mit, damit wir uns ungestört unterhalten können", unterbrach ihn Henry. Dann führte er den Leutnant in die Bibliothek. Schließlich war die Villa der Lutwidges sein zweites Zuhause.

In der Bibliothek saß Catherine Lutwidge. Sie freute sich, Henry so unverhofft zu sehen und umarmte ihn zur Begrüßung. „Wen bringst Du denn mit, Henry?", fragte sie. „Gestatten, Mrs. Lutwidge, die Gattin des Admirals und das ist der Ehrenwerte Leutnant Faucon", stellte Henry die Beiden einander vor. Leutnant Faucon nahm ihre Hand für einen Handkuss und Mrs. Lutwidge sagte: „Sehr erfreut, Leutnant, ich kenne Ihren Vater." Sie zog sich zurück und die beiden Männer nahmen Platz.

„Sie sind also nach London gefahren", setzte Henry das unterbrochene Gespräch fort. „Ja, Sir, ich sprach fast täglich in der Admiralität vor, doch es gab angeblich keine Verwendung für mich. Lord Hotham konnte mir auch nicht helfen, denn er war inzwischen durch einige unbedachte Äußerungen im Oberhaus in Ungnade gefallen", berichtete Leutnant Faucon. „Ja, die Wartezimmer der Admiralität sind immer sehr voll und wem eine unangenehme Geschichte anhängt, der hat kaum eine Chance", bestätigte Henry. „Schließlich beschloss ich, direkt in die Häfen zu gehen, denn vielleicht fällt ja irgendwo ein Offizier kurzfristig aus und ich wäre zur Stelle", fuhr Leutnant Faucon fort. „Das war in Ihrer Situation eine gute Idee", bestätigte Henry.

Henry war im Zwiespalt. Einerseits hatte sich der Leutnant in unverzeihlicher Weise verhalten, doch andererseits hatte er auch so viel Anstand besessen, offen und ehrlich zu seinem Fehler zu stehen. Nur, sollte ausgerechnet er Leutnant Faucon eine neue Chance geben?

„Hätten vielleicht Sie, Sir, die Möglichkeit, mich bei der Suche nach einer neuen Stelle zu unterstützen?", fragte

Leutnant Faucon und riss Henry damit aus seinen Gedanken. „Ich werde sehen, was ich für Sie tun kann", antwortete Henry, „Kann Ihnen denn Ihr Vater nicht helfen? Er scheint mir doch nicht ohne Einfluss zu sein." Leutnant Faucon schüttelte bekümmert den Kopf und sagte: „Sicherlich könnte er, aber er will nicht. Durch den Skandal sieht er seinen eigenen Ruf beschädigt. Ihm wäre es vermutlich das Liebste, wenn ich meinen Dienst quittierte, damit Gras über die Angelegenheit wächst." „Ich werde sehen, was sich für Sie tun lässt", versprach Henry nochmals.

Leutnant Faucon verabschiedete sich unter mehrfachen Dankesbezeugungen, was Henry sehr unangenehm war, denn er hatte nicht die geringste Idee, wie er helfen konnte. Admiral Lutwidge hatte ihm bereits einen Gefallen getan, indem er Mr. Nutton zum Leutnant machte. Für die zweite freie Leutnantsstelle hatte er sicherlich bereits eine Verwendung, denn obwohl ein Admiral aus der Perspektive seiner Untergebenen ein beinahe gottähnliches Wesen war, so hatte auch er Verpflichtungen und schuldete manchem Politiker den einen oder anderen Gefallen.

 Henry blieb noch etwas in der Bibliothek sitzen, um nachzudenken. Hier fand ihn dann auch Admiral Lutwidges Sekretär. „Sir, der Admiral wünscht Sie noch kurz zu sehen", sagte er. „Ich komme sofort", antwortete Henry und erhob sich. Er folgte dem Sekretär zum Büro des Admirals und wurde sofort eingelassen.

Admiral Lutwidge saß hinter seinem Schreibtisch und wies auf einen der davor platzierten Stühle. „Nimm Platz, Henry", sagte er. Nachdem es sich Henry bequem gemacht hatte, fuhr der Admiral fort: „Ich hatte Dir ja bereits angedeutet, dass Du schnellstmöglich nach Holland segeln musst, um die Evakuierung unseres Expeditionskorps zu schützen. Inzwischen ist ein kleiner Konvoi mit Transportschiffen eingetroffen, den Du auf dem Weg an die holländische Küste eskortieren sollst." „Sir, die *Goose* ist bereit, nur fehlt mir noch ein Leutnant", antwortete Henry.

„Genau, Dir fehlt ein Leutnant und ich wurde gebeten, einem Leutnant ein wenig auf die Sprünge zu helfen", bestätigte Admiral Lutwidge. „Was heißen soll, dass er auf die *Goose* kommt", vermutete Henry. Der Admiral schüttelte den Kopf und sagte: „Nein, das wäre wegen persönlicher Beziehungen vermutlich nicht angemessen gewesen. Ich habe deshalb Captain Ferris gebeten, seinen Vierten Leutnant an die *Goose* abzugeben. Bei Dir wird er als Dritter Leutnant einsteigen. Er soll sich noch heute bei Dir melden, so dass Dein Konvoi morgen früh auslaufen kann."

„Danke Sir, ich werde dafür sorgen, dass alles zu Ihrer Zufriedenheit geschieht. Ich weiß, dass ich Ihre Geduld über die Maßen strapaziere, aber darf ich Ihre Aufmerksamkeit auf einen Offizier lenken, der mich um Hilfe gebeten hat", sagte Henry. „Handelt es sich etwa um Leutnant Faucon?", wollte der Admiral wissen. Henry sah ihn verblüfft an und sagte: „Ja, Sir." Admiral Lutwidge musste lachen. Dann sagte er: „Genau das ist der Mann, für den ich diese Rochade veranlasst habe. Sein Vater bat mich in aller Vertraulichkeit um Hilfe, da trifft es sich gut, wenn der junge Mann Dir dankbar ist."

Henry du Valle erhielt noch seine Befehle und kehrte dann auf die *Goose* zurück. An der Pforte empfing ihn ein freudestrahlender Leutnant Nutton in nagelneuer Uniform. Leutnant Haygarth hatte ihn sofort in den Borddienst eingegliedert. „Wie ist Ihre erste Wache als Leutnant?", fragte Henry. „Einfach herrlich, Sir, ich könnte die ganze Welt umarmen!", rief Leutnant Nutton.

Eine Stunde später meldete sich Leutnant Banks von der *Inflexible*. Damit war Henrys Besatzung wieder komplett. Nun musste sich Henry noch mit den Kapitänen der Transportschiffe verständigen. Der Konvoi bestand aus drei von der Navy gecharterten Kohlenbriggs und einer zum Pferdetransporter umgebauten Bark[30]. Die vier Schiffe wurden von Leutnants kommandiert. Henry befahl die Kommandanten auf die *Goose*. Natürlich wurden sie mit allen, einem Kommandanten zustehenden, Ehren empfangen. Dann bat Henry sie in die große Kajüte.

Die Kommandanten der Briggs *Hull* und *Edgar* waren gestandene Seeleute, denen man in Anerkennung ihrer langjährigen Dienste ihre Kommandos gegeben hatte. Das galt auch für den Kommandanten der Bark *Yellow Flower*. Beim Kommandanten der Brigg *Punch* handelte es sich um einen jungen Leutnant, der sein Glück eines eigenen Kommandos noch immer nicht fassen konnte. Die anderen Kommandanten betrachten seine überbordende Freude wohlwollend, aber auch mit etwas Wehmut.

---

[30] Dreimastige, später auch mehrmastige, Schiffe mit Rahsegeln an den vorderen Masten.

Henry bewirtete seine Gäste mit einigen Flaschen französischem Rotwein, die er während seines Landurlaubs bei einem Wirt erstanden hatte, über den man munkelte, dass er Kontakte zu Schmugglern hatte. Dann erläuterte Henry den Kommandanten seine Sondersignale für den Konvoi, die Marschordnung und den geplanten Kurs. Henrys Schreiber hatte für jeden der Kommandanten eine Übersicht der Signale und des Kurses zusammengestellt.

Als die Leutnants schließlich von Bord gingen, waren sie bester Laune. Einer von ihnen musste sogar mit dem Bootsmannsstuhl in sein Boot herabgelassen werden. Henry war optimistisch, dass dieser Abend im Konvoi ein Zusammengehörigkeitsgefühl erzeugt hatte.

Henrys Zuversicht erlitt in der Nacht einen Dämpfer. Auf dem unteren Batteriedeck rollten die Kanonenkugeln. Midshipman James Fulton, der die Ankerwache hatte, konnte auf seiner Ronde nur durch einen beherzten Sprung zur Seite solch einer Kugel ausweichen. Von allein löste sich keine Kugel aus ihren Halterungen an Deck, es musste also jemand mutwillig gehandelt haben. Ein Schuldiger ließ sich nicht feststellen, denn die Männer in ihren Hängematten boten dem Täter eine gute Deckung. Das nächtliche Rollen von Kanonenkugeln galt stets als Zeichen von Unzufriedenheit unter der Mannschaft und konnte als Vorzeichen einer Meuterei gesehen werden.

14

Bei Sonnenaufgang lichtete der Konvoi die Anker. Es war festgelegt worden, dass die *Goose* die Reede als erste verlassen sollte, um hinter den Goodwin Sands auf die anderen Schiffe zu warten. Mr. Haygarth meldete die *Goose* bereit zum Auslaufen. Da Henry sich ein Bild von den Fähigkeiten des ersten Leutnants machen wollte, befahl er: „Mr. Haygarth, bringen Sie uns raus." „Aye Sir", bestätigte Leutnant Haygarth. Dann gab er seine Befehle, ruhig und konzentriert. Ganz offensichtlich war er ein ausgezeichneter Seemann. Wie konnte er nur immer wieder bei Beförderungen übergangen worden sein? Hatte er sich irgendeinen einflussreichen Vorgesetzten zum Feind gemacht?

Der Wind füllte die Segel und die *Goose* glitt zwischen dem Strand und den Sandbänken dahin, bis die offene See erreicht war. Schon jetzt konnte Henry sehen, was für ein guter Segler der Zweidecker war. Vermutlich könnte er es sogar mit einer schnellen Fregatte aufnehmen. Ja, die Holländer waren nicht nur gute Seeleute, sie verstanden auch etwas vom Schiffbau. Wobei, genau genommen war die *Goose* ja nicht in Holland, sondern in Seeland gebaut und von der dortigen Admiralität[31] in Dienst gestellt worden.

Außerhalb von Downs Reede drehte die *Goose* bei und wartete auf die Schiffe des Konvois. Henry hatte schon des Öfteren Konvois begleiten müssen, doch zum ersten Mal war es ein Konvoi der Marine. Ein Schiff nach dem anderen, fast so exakt wie bei einem Uhrwerk, verließ die

---

[31] Anmerkungen zu den Admiralitäten der Vereinigten Niederlande siehe im Nachwort

Reede. Hier gab es kein Trödeln oder Drängeln, wie bei den Kapitänen der Handelsschifffahrt. Den Marineleutnants war die Disziplin in Fleisch und Blut übergegangen.

Befriedigt stellte Henry fest, dass die Schiffe die Reede in der Reihenfolge der festgelegten Formation verließen. So konnte der Konvoi direkt weitersegeln, ohne sich erst neu formieren zu müssen. Leutnant Haygarth sah Henrys Blick und sagte: „Bei solchen Kapitänen könnte man den Konvoidienst fast lieben, Sir." „Wir wollen unsere Begeisterung für Konvois doch nicht übertreiben", antwortete Henry und beide lachten.

Sobald der Konvoi die *Goose* erreicht hatte, ließ Henry „mehr Segel setzen" signalisieren und auch auf der *Goose* wurden weitere Segel gesetzt. Zum ersten Mal erlebte Henry seine Besatzung im regulären Dienst. Er konnte sehen, dass die Männer ihr Geschäft verstanden und gut aufeinander eingespielt waren. Trotzdem spürte er bei der Ausführung aller Befehle eine gewisse Aufsässigkeit. Zwischen Befehl und Ausführung lag immer ein Moment des Zögerns, kaum sichtbar, aber auf jeden Fall vorhanden. Henry erinnerte sich an den kurzen Zusammenstoß zwischen Charlie Starr und diesem hünenhaften Kerl, Dexter hieß er wohl. An sich ein guter Seemann, aber weil er für die Arbeit als Toppgast zu schwer war, wurde er auf der Back eingesetzt, bei den anderen älteren Matrosen. Sah man ihm ins Gesicht, entdeckte man dort nichts anderes als Ablehnung und mühsam unterdrückte Wut.

Henry ging auf die ihm zustehende Luvseite[32]. Hier war er allein. Inzwischen lief wieder der normale Tagesdienst ab. Leutnant Haygarth war unter Deck gegangen, um seinen Papierkram zu erledigen. Der Erste Leutnant war der meistbeschäftigte Mann an Bord, denn es war seine Aufgabe, den reibungslosen Ablauf aller Angelegenheiten auf der *Goose* zu gewährleisten. Dafür war er vom Wachdienst befreit.

An Deck hatte jetzt Leutnant Nutton das Sagen. Seine erste Wache als Leutnant auf See. Breit grinsend stand er neben dem Ruder und ließ seinen Blick über das Deck und in die Takelage gleiten. Gleich fängt er an, zu singen, dachte sich Henry und konnte sich ein Lächeln nicht verkneifen.

Die *Goose* segelte auf der Luvseite des Konvois und hatte so den Konvoi zwischen sich und dem französischen Festland. Eventuelle Angreifer mussten so zum Konvoi aufkreuzen, während die *Goose* jederzeit mit dem Luvvorteil durch den Konvoi stoßen und den Angreifer stellen konnte.

„Auf der Back, setzt den Außenklüver richtig durch!", rief Leutnant Nutton. Dexter, der mit anderen Männern auf einem Segel gelegen hatte, stand langsam auf, fast schon aufreizend langsam, wie Henry bemerkte. Einige andere Matrosen folgten ihm und setzten das leicht killende Segel durch.

Henry beschloss, zur Fockbramsaling aufzuentern, um sich einen Überblick zu verschaffen. Hier an Bord kannte

---

[32] Luv ist die dem Wind zugewandte Seite.

ja noch niemand seine Vorliebe für den „Kommandantensitz", wie sein Freund Joseph Townsend seinen Lieblingsplatz genannt hatte[33]. Wirklich niemand? Immerhin wusste sein ganzes Gefolge davon und auch Leutnant Nutton wusste Bescheid. Aber egal, diese kleine Freude konnte ihm niemand nehmen.

Henry, der sich ansonsten schon aus Grundsatz nicht in die Geschäfte seines Ersten Leutnants einmischte, hatte dafür gesorgt, dass Sean Rae, O'Brian und Giorgio als Ausguck eingesetzt wurden. So war es auch keine Überraschung, dass Henry auf der Fockbramsaling Giorgio traf. „Alles ruhig, sehr ruhig, Capitan", meldete der Sizilianer. Giorgio hatte Recht. Der Seeweg zwischen England und Frankreich war selbst in Kriegszeiten immer dicht befahren. Da waren die Handelskonvois, meist dicht unter der Küste ihres jeweiligen Landes segelnd, die Fischerboote und natürlich die neutralen Nationen wie Dänemark und Schweden. Aber heute schien Henrys Konvoi ganz allein durch den Ärmelkanal zu fahren.

So saß Henry einfach da und ließ seine Gedanken schweifen. Das Leben könnte so schön sein, wäre da nicht dieser ständige Schmerz in seinem Herzen. Wie sehr er doch Annika vermisste. In seiner Kajüte, die Jeeves mit den mitgebrachten Möbeln wieder wohnlich gemacht hatte, hing ihr Porträt und erinnerte ihn ständig an seinen großen Verlust.

Von der Back war Gelächter zu hören, was Leutnant Nutton veranlasste einzuschreiten. „Ruhe an Deck!", rief er, was mit lautem Gemurmel quittiert wurde. „Stimmung

---

[33] Siehe Band 4 – Die Festung des Paschas

nicht gut, wollen Capitan Hollum zurück und wieder saufen", sagte Giorgio leise. „Und Dexter?", fragte Henry. „Schlechter Mann, gefährlich. Charlie passt auf ihn auf", antwortete Giorgio. Demnach traute also auch sein Bootssteurer dem Mann nicht über den Weg.

„Capitan", sagte Giorgio und wies auf die Lücke zwischen den beiden vorderen Schiffen *Yellow Flower* und *Punch*. Tatsächlich, dort war etwas zu sehen. Henry setzte sein Fernrohr an und stellte es scharf. Zwei Lugger[34] näherten sich dem Konvoi auf Abfangkurs. Der Richtung nach zu urteilen, kamen sie aus Dünkirchen, dem berüchtigten Korsarennest. „Toppsegel bergen", befahl Henry von oben und Leutnant Nutton wiederholte den Befehl. Henry wollte so verhindern, dass man die *Goose* zu früh hinter dem Konvoi bemerkte.

Die Toppgasten strömten nach oben, Henry und Giorgio mussten ihnen ausweichen. Dann waren die Segel geborgen und die Männer enterten wieder ab. Inzwischen konnte Henry die Freibeuter mit bloßen Augen erkennen. Dass es welche waren, stand fest, denn Lugger waren ihre bevorzugten Schiffe.

Der vordere Lugger feuerte eine Kanone ab. Der Schuss landete vor dem Bug der *Yellow Flower*. Der Konvoi sollte beidrehen und sich widerstandslos entern lassen. Henry kehrte auf das Achterdeck zurück. In der Zwischenzeit

---

[34] Kleines Kriegs- oder Handelsschiff mit zumeist drei Masten und Luggersegeln. Der Schiffstyp war bei den französischen Korsaren sehr beliebt, wurde aber auch von der Royal Navy verwendet.

hatte Leutnant Haygarth Klarschiff zum Gefecht befohlen. Diese eigenständige Entscheidung hatte Henry in seinen stehenden Befehlen niedergelegt. Alle waren auf ihren Gefechtsstationen. Leutnant Bowen befehligte das obere Kanonendeck gemeinsam mit dem dienstältesten Midshipman, Mr. Harper. Insgesamt hatte die *Goose* fünf Midshipmen an Bord, dazu kamen noch fünf Kadetten und zwei Steuermannsmaate.

Das untere Kanonendeck befehligte Leutnant Banks. Er wurde von Leutnant Nutton unterstützt. Der Master stand beim Steuerrad, das der Quartermaster und sein Maat bedienten, während sich Leutnant Haygarth bei Henry aufhielt.

Bei der Besanrah stand als Signalfähnrich Mr. Sykes mit seinen Signalgasten bereit. Henry befahl ihnen: „Signal an alle, nach Backbord abdrehen." Die Schiffe reagierten fast sofort, denn Henry hatte mit ihren Kommandanten diese Variante vereinbart. Die vier Transportschiffe drehten ab und passierten die *Goose*. So sahen sich die Korsaren plötzlich dem Zweidecker gegenüber.

Henry wollte das Überraschungsmoment ausnutzen. Deshalb rief er: „Unterdeck und Back: Feuern, wenn Ziel erfasst!" Aus dem unteren Kanonendeck ertönte eine rollende Breitseite. Zwölf Vierundzwanzigpfünder ließen ihr Dröhnen hören. Dagegen erschien der einzelne Sechspfünder wie das Kläffen eines kleinen Straßenköters.

Der vordere Lugger hatte zu spät reagiert und wurde förmlich aus dem Wasser gepustet. Was blieb waren nur noch Trümmer - der Lugger existierte nicht mehr. Der zweite Lugger drehte sofort ab und suchte sein Heil in der

Flucht. „Mr. Benson, lassen Sie beidrehen. Kutter aussetzen!", befahl Henry.

Die *Goose* verfügte über fünf Beiboote: Zwei Kutter, eine Barkasse, eine Schaluppe und die Kommandantengig. Die beiden Kutter sollten nun nach Überlebenden suchen, obwohl Henry nur wenig Hoffnung hatte, dass jemand die Breitseite lebend überstanden hatte.

Nach drei Minuten waren die Kutter ausgesetzt und bemannt. Unter der Führung je eines Midshipman stießen sie von der *Goose* ab. Eine halbe Stunde später kehrten sie zurück. Sie hatten zwanzig Überlebende geborgen, keiner von ihnen war unverletzt. Der Ranghöchste war ein Leutnant, den Henry in sein Quartier bringen ließ. Doktor Reid kümmerte sich aufopfernd um die Verletzten, trotzdem starben zwei von ihnen noch am Abend.

15

Der französische Leutnant hatte nur Schnittwunden am linken Arm davongetragen. Henry stellte sich ihm auf Französisch vor und er erfuhr, dass es sich bei dem Gefangenen um Charles Peynaud handelte, der den Lugger kommandiert hatte. „Leutnant, wie viele Männer hatten Sie an Bord?", fragte Henry. „Wir waren fünfzig", antwortete der Leutnant. Mehr als die Hälfte der Besatzung war also gefallen. „Unser Arzt, übrigens ein richtiger Arzt mit Studium in Edinburgh, wird alles, was in seiner Macht steht, tun, Ihre Männer wieder herzustellen", versicherte Henry.

Leutnant Peynaud deutete eine Verbeugung an und bedankte sich. Dann wurde seine Miene ernst und er sagte: „Captain du Valle, ich muss trotzdem protestieren. Man hat mich und meine Männer bei der Rettung buchstäblich bis aufs Hemd ausgeplündert. Entspricht das Ihrer Vorstellung von Fairplay?" Natürlich hätte Henry nun erwidern können, dass es den Überlebenden der *Leander* nicht anders ergangen war, doch es ärgerte ihn persönlich, solche Vorwürfe aus dem Mund eines Gefangenen zu hören.

„Leutnant, können Sie mir sagen, wer Sie ausgeplündert hat", fragte Henry deshalb. „Das waren zwei Männer, ein Glatzkopf mit einer großen Zahnlücke und ein sehr großer Mann", antwortete Leutnant Peynaud. „Und welcher Kutter hat Sie gerettet?", wollte Henry noch wissen. „Das war der rote Kutter", sagte der Leutnant.

„Mr. Haygarth zu mir!", befahl Henry. Der erste Leutnant erschien sofort und fragte: „Was kann ich für Sie tun, Sir?" „Wer hat den roten Kutter befehligt?", wollte Henry wissen. „Das war Mr. Mason", antwortete Leutnant Haygarth. „Dann soll Mr. Mason unverzüglich erscheinen", befahl Henry.

Der Midshipman erschien außer Atem und mit hochrotem Kopf. „Midshipman Mason wie befohlen zur Stelle", meldete er. „Mr. Mason, ich hörte, dass Sie den hier anwesenden Leutnant Peynaud gerettet haben. Ist das korrekt?", wollte Henry wissen. „Aye Sir, vollkommen korrekt", antwortete der Midshipman. „Wie kann es sein, dass sich unser Gast beschwert, bei seiner Rettung ausgeplündert worden zu sein?", fragte Henry nun. „Aber Sir, das ist doch

Kriegsbrauch!", rief Mason aus. „Wer hat Ihnen denn diesen Quatsch erzählt?", schnaubte Henry vor Wut. „Das war der Bootssteurer, Crouch", antwortete Mr. Mason. „Ist das so ein Glatzkopf mit Zahnlücke?", erkundigte sich Henry. „Ja, genau", bestätigte der Midshipman. Henry hatte nun ein Gesicht vor sich und er hatte bemerkt, dass Crouch immer mit Dexter zusammenhing.

„Der Profos soll mir Crouch und Dexter bringen", befahl Henry. Wenig später erschien der Schiffsprofos mit den beiden Delinquenten. Sie hatten sich zwar etwas gewehrt, doch Mr. Baxter war ein vierschrötiger Kerl, der im Zivilleben Preisboxer gewesen war. Er konnte jeden Unruhestifter „beruhigen". Die beiden Männer waren sich keinerlei Schuld bewusst, aber Leutnant Peynaud konnte sie eindeutig identifizieren. Crouch rief entrüstet: „Sir, Sie können doch keinem Frroschfresser nich' glauben!" Aber Henry ließ sich kein X für ein U vormachen. Die Seekisten der Beiden wurden durchsucht und hier fand sich das Diebesgut an.

„Acht Stunden Strafdienst an den Pumpen und eine Woche Rumentzug", legte Henry als Strafmaß fest. Crouch lamentierte lauthals, aber Dexter grinste nur herausfordern. Henry konnte diesen Kerl nicht leiden, sagte sich aber auch, dass er den Mann nicht nach Äußerlichkeiten beurteilen sollte. Immerhin kannte er ihn erst seit zwei Tagen. Trotzdem, Dexter schien ihm ein gefährlicher Mann zu sein.

Die Männer traten ab. Leutnant Peynaud zog sich in die Offiziersmesse zurück, wo ihm Henry eine Unterkunft zugewiesen hatte. Als Henry allein war, trat Charlie Starr ein und meinte: „Sir, die beiden Galgenvögel sind ja ziemlich billig davongekommen." Eigentlich musste Henry sich nicht rechtfertigen, doch er fühlte sich dennoch genötigt zu erklären: „Du weißt doch, ich lehne die Prügelstrafe ab. Sie hat noch nie einen Mann gebessert." „Aber über den Rumentzug lacht Dexter. Er erpresst alle Landlubber[35] um die Hälfte ihrer Rumration und bezahlt damit seine Handlanger. Wenn er Rum trinken will, wird er ihn auch trinken", erwiderte Charlie Starr.

Henry war geschockt, dass solche Zustände nur ein Deck tiefer auf seinem Schiff herrschten. Bisher hatte er die Welt der Matrosen als hart, aber gerecht angesehen. Charlie Starr sah ihm die Betroffenheit an und sagte: „Machen Sie sich keine Vorwürfe, Sir. Die *Goose* wurde von Captain Hollum verdorben und das wahrscheinlich schon vor seinem Unfall." Mit den Worten „Danke, dass Du mir das berichtet hast," entließ Henry seinen Bootssteurer. Er wusste es zu schätzen, dass Charlie ihm solche Dinge anvertraute, die normalerweise unter der Mannschaft blieben. Aber so lange wie er nicht offiziell von solchen Missständen Meldung bekam, würde er den Teufel tun, etwas zu unternehmen, schon um Charlie Starr nicht in Schwierigkeiten zu bringen.

Später meldete sich Doktor Reid bei Henry. „Achtzehn Überlebende, zwei Männer sind mir förmlich unter den Händen weggestorben", berichtete er. „Ich bin zutiefst davon überzeugt, dass Sie Ihr Bestes gegeben haben, Mr.

---

[35] Abwertend für Besatzungsmitglieder ohne seemännische Erfahrung

Reid - sehr gute Arbeit", lobte Henry, „Kommen Sie, Doktor, trinken wir einen Portwein miteinander." Die beiden Männer machten es sich in zwei bequemen Ohrensesseln gemütlich. Als Jeeves serviert hatte, sagte Doktor Reid: „Ich hörte, wie Sie Dexter und Crouch bestraft haben, Sir." „Sind Sie etwa auch der Meinung, ich wäre zu weich gewesen?", fragte Henry. „Nein, Sir, ich hasse die Katze", antwortete der Doktor. „Dann haben wir beide dieselbe Einstellung", stellte Henry fest.

„Trotzdem", stellte Doktor Reid nach einer Weile fest, „Die Dexters und Crouchs dieser Welt scheinen keine andere Sprache zu verstehen." „Was schlagen Sie vor, Doktor?", wollte Henry nun wissen. „Sehen Sie zu, die beiden Männer loszuwerden. Sie verderben das ganze Schiff. Wenn sie weg sind, bekommt die Besatzung die verbliebenen Ganoven allein in den Griff", antwortete Doktor Reid.

Der Doktor hatte gut reden, dachte sich Henry, als er später wieder allein war. So einfach wurde man diese Männer nicht los. Gab er sie auf ein kleineres Schiff ab, würden sie am Ende eine Meuterei anzetteln. Das konnte er keinem rangniederen Kommandanten, der sich nicht wehren konnte, antun. Und ein anderer Captain würde ihn fragen, ob er seine eigene Mannschaft nicht in den Griff bekam. Das Leben als einfacher Commander war da viel unkomplizierter gewesen.

16

Dank der günstigen Windverhältnisse wurde die holländische Küste bereits gegen Mittag des folgenden Tages erreicht. Es hatte keine weiteren Angriffe auf den Konvoi gegeben. Vor der holländischen Küste hatte sich eine große Transportflotte versammelt, die sowohl die britischen als auch russischen Invasionstruppen aufnehmen sollte. Aufgrund des fortgeschrittenen Jahres würden die russischen Truppen erst im Frühjahr nach Russland zurückkehren können, denn die Ostsee fror bereits zu. Deshalb würden sie auf den Kanalinseln überwintern.

Während der Herzog von York den Oberbefehl über die gesamte Invasion innehatte, wurden die Schiffe der Royal Navy von Vizeadmiral Mitchell befehligt. Er hatte seine Flagge auf dem Zweidecker *Isis* gesetzt, einem Schiff der 4. Rate mit fünfzig Kanonen. Nach dem üblichen Salut wurde Henry auf das Flaggschiff befohlen, wo ihn zunächst Captain Oughton in Empfang nahm.

Nach einer halbstündigen Wartezeit, denn in der großen Kajüte fand eine Beratung der verbündeten britischen und russischen Truppen statt, hatte der Admiral dann endlich Zeit für Henry. Während in der großen Kajüte weiter getagt wurde, empfing ihn Admiral Mitchell in der Tageskajüte von Captain Oughton.

„Verzeihen Sie die Wartezeit, mein lieber du Valle", gab sich der Admiral ausgesprochen leutselig, „Falls Sie es jemals in die Flaggränge schaffen sollten und man bietet ihn das Kommando bei einer amphibischen Operation an, denken Sie an mich und lehnen Sie ab, ganz egal, was die

Konsequenzen wären. Die Zusammenarbeit mit Infanteristen ist die Hölle und nichts kann schlimmer als das sein." Henry beschränkte seine Antwort auf ein: „Aye Sir." und unterließ es tunlichst, dem Admiral mit seinen vor Akkon gemachten ganz anderen Erfahrungen zu widersprechen.

Dann nahm sich Admiral Mitchell Henrys Bericht und seine Befehle vor. „Sie hatten ein Scharmützel mit Korsaren aus Dünkirchen. Gut, dass Sie einen davon unschädlich machen konnten. Das bringt mich gleich zu Ihren neuen Befehlen. Sie werden uns sofort wieder verlassen und Position vor der Zufahrt nach Dünkirchen beziehen. Zu Ihrer Unterstützung gebe ich Ihnen zwei Kanonenboote mit. Sie bleiben dort bis zum vollständigen Abzug der Truppen aus Holland."

Damit verabschiedete sich Admiral Mitchell auch schon wieder und überließ alles andere seinem Flaggkapitän. Captain Oughton ließ Henry schriftliche Befehle ausstellen und sagte dazu: „Die Kanonenboote hat der Admiral bei seinem letzten Vorstoß in die Zuidersee erbeutet. Für küstennahe Gewässer sind sie ideal. Allerdings sind sie mit ihren Zwölfpfündern für Kanonenboote etwas leicht bewaffnet. Übrigens fiel uns dabei noch ein Ausschnitt aus dem Codebuch in die Hände, der aber inzwischen veraltet ist. Trotzdem gebe ich Ihnen für alle Fälle eine Kopie."

Henry kehrte auf die *Goose* zurück. Eine halbe Stunde später meldeten sich die beiden Kommandanten der Kanonenboote, zwei Midshipmen. Sie berichteten, dass ihre Kanonenboote bereit zum Aufbruch waren. Ihre Boote hatten zwar jeweils einen einzelnen Mast und konnten so auch gesegelt werden, waren aber deutlich langsamere Segler als die *Goose*. Deshalb beschloss Henry, sie in Schlepp zu nehmen. Ihre Besatzungen wechselten auf die *Goose*, nur die Bootssteurer blieben an Bord der Kanonenboote zurück.

Nun war der Wind, der ihnen eine so rasche Überfahrt von Deal an die Küste Hollands ermöglicht hatte, gegen sie. Die *Goose* musste kreuzen und kam so nur sehr langsam voran. Es dauerte fünf Tage, bis Dünkirchen endlich in Sicht kam. In dieser Zeit war es Henry nicht gelungen, die Besatzung der *Goose* auf seine Seite zu ziehen. Die Männer mochten zwar bemerkt haben, dass sich Henry um Fairness bemühte und bei ihm die Neunschwänzige Katze im Sack blieb, doch das schienen sie eher als ein Zeichen von Schwäche auszulegen. Nach wie vor wurden Befehle zwar ausgeführt, aber stets mit dieser enervierenden Spur von Langsamkeit, bei einigen wenigen Seeleuten noch verbunden mit einem deutlich ablehnenden Gesichtsausdruck.

Dünkirchen liegt hinter einigen Sandbänken, die teilweise unterseeischen Dünen ähneln. Stellenweise sind diese Sandbänke versteinert. Es gibt nur zwei sichere Zufahrtswege zum Hafen von Dünkirchen. Lange Zeiten lebten die Einwohner Dünkirchens davon, die Schiffe auszuplündern, die ein Sturm oder falsche Navigation auf die Riffe auflaufen ließen. Teilweise halfen sie solchen Unglücksfällen durch falsche Leuchtfeuer nach. Später wurde Dünkirchen für seine Freibeuter berühmt, die zunächst im Dienste Spaniens und später Frankreichs die Meere unsicher machten.

Zur Zeit der Revolutionskriege war die große Zeit der Korsaren von Dünkirchen längst vorbei, doch der Krieg brachte zu allen Zeiten Menschen hervor, die mit Kaperbriefen versehene Schiffe ausrüsteten, um ihren Anteil am Krieg zu verdienen. Dünkirchen stellte so schon aufgrund seiner Lage am Eingang des Kanals eine permanente Bedrohung dar.

Für die Kanonenboote waren die Sandbänke und Riffe zumindest bei Flut kein Problem. Mit ihrem geringen Tiefgang kamen sie bequem darüber hinweg und waren deshalb nicht an die Fahrrinnen gebunden. Selbst bei Ebbe traf das noch auf viele der Untiefen zu. Henry beschloss, die beiden Kanonenboote jeweils einer Fahrrinne zuzuordnen und ihnen zur Unterstützung die beiden Kutter der *Goose* beizugeben. Diese wurden mit je einer Zweiunddreißigpfünder Karronade bestückt. Die *Goose* selbst sollte außerhalb der Sichtweite der Küste kreuzen. Sobald ein Schiff Dünkirchen verlassen wollte, würden die Kanonenboote dies signalisieren und die *Goose* würde das jeweilige Fahrwasser ansteuern.

Diese an sich schöne Theorie sollte sich jedoch schnell als viel zu optimistisch herausstellen. Bereits am Abend des ersten Tages versuchte ein Lugger, die Blockade zu durchbrechen. Er wählte die westlich Wasserstraße. Das Kanonenboot signalisierte und Henry musste feststellen, dass ungeheuer viel Zeit verloren ging, ehe er mit der *Goose* das Fahrwasser blockieren konnte, denn es brauchte nun mal seine Zeit, bis die *Goose* nach Westen aufgekreuzt war. Trotzdem musste der Lugger abdrehen und nach Dünkirchen zurückkehren, denn das Kanonenboot und der rote Kutter operierten so geschickt, dass er mit seinen acht Sechspfündern einfach keine Chance hatte.

Henry war sehr wohl klar, dass er hier einen Bock geschossen hatte. Die Leutnants Bowen und Banks tuschelten miteinander und machten sich, wie es Henry erschien, über ihren Kommandanten lustig. Leutnant Haygarth machte ein unglückliches Gesicht und der noch immer glückselige Leutnant Nutton warf den Lästerern böse Blicke zu. Henry beschloss, ihnen zu zeigen, wie er mit Fehlern umging.

„Tja, Mr. Benson", sagte er zum Master, „da habe ich mich wohl verkalkuliert. Zum Glück haben uns die jungen Gentlemen den Tag gerettet. Wir werden ab sofort etwas westlich der westlichen Zufahrt kreuzen." Dann wandte sich Henry zum Gehen, drehte sich aber noch einmal um und fragte: „Wer kommandiert eigentlich unseren roten Kutter?" „Mr. Harper, Sir", antwortete Leutnant Haygarth. „Mr. Sykes, bitte signalisieren Sie „gut gemacht" an den roten Kutter und das Kanonenboot", befahl Henry.

Die Stimmung unter Deck blieb schlecht. Nachts hörte man lautes Pfeifen und wieder rollten die Kanonenkugeln. Charlie Starr versuchte, der Sache auf den Grund zu gehen, doch die Unruhestifter waren sehr vorsichtig. Selbst für ihn als ehemaligen Waldläufer blieben sie Schemen, die sich jeder Nachstellung geschickt entzogen. Einmal begegnete ihm Crouch auf dem vorderen Niedergang. Der ehemalige Bootssteurer, natürlich hatte man ihm nach den Ereignissen um den französischen Lugger diesen Posten entzogen, grinste Charlie Starr höhnisch an. Sie waren allein und Charlie Starr packte Crouch blitzschnell. Während er den Mann an die Wand drückte, roch er Alkohol. Die beiden Plünderer umgingen also den Rumentzug. „Hört auf, die Männer aufzuwiegeln, sonst bekommt ihr Ärger mit mir", zischte Charlie Starr. Crouch grinste höhnisch und obwohl er nach Luft schnappte fragte er: „Willst Du mich sonst bei Deinem geliebten Captain verpetzen?" Charlie Starr stieß ihn weg und sagte: „Nein, Crouch, um Ratten wie Dich und Dexter kümmern wir uns ganz alleine. Also überlege Dir Deine Schritte, es könnten Deine letzten sein."

17

Durch die Abwehr des Luggers war nun in Dünkirchen bekannt, dass der Hafen blockiert wurde. Allerdings war man nicht bereit, diese Tatsache zu akzeptieren. Immer wieder liefen einzelne oder mehrere Lugger aus und wurden immer wieder zurück nach Dünkirchen getrieben.

„So langsam müssten sie doch begriffen haben, dass wir den Sack zugemacht haben", meinte Leutnant Haygarth, nachdem wieder einmal zwei Lugger vergeblich versucht hatten, durch die östliche Fahrtrinne auszubrechen. Henry lächelte und sagte: „Nein, Mr. Haygarth, sie sind nicht dumm, sie wollen nur testen, mit wem sie es zu tun haben. Sobald ihnen klar wird, dass ihnen nur ein einzelnes Schiff eine Blockade vorgaukelt, werden sie einen massiven Ausbruch wagen."

Tatsächlich war genau das Henrys größte Sorge. Wie konnte er verhindern, dass die Korsaren Dünkirchen verließen, wenn mehrere Lugger gleichzeitig über beide Zufahrten ausbrachen? Die einzige Möglichkeit sah er darin, mit der *Goose* dann die eine Zufahrt zu blockieren, und die dortigen Boote zur anderen Fahrrinne zu verschieben.

Inzwischen wurde das Wetter von Tag zu Tag schlechter. Kalte Regenschauer zogen über die Nordsee. Für die Kanonenbootbesatzungen war es eine schwere Belastung, bei eisiger Kälte in ihren kleinen Nussschalen auszuharren. Deshalb ließ Henry die Besatzungen regelmäßig ablösen. Crouch und Dexter ließ er regelmäßig für diesen Dienst einteilen, jedoch niemals gemeinsam.

Die nächtlichen Vorkommnisse hörten auf. Henry ging davon aus, dass die Unruhestifter durch den Dienst in den Kanonenbooten und den Kuttern zu erschöpft waren. Er ahnte nichts von Charlie Starrs Warnung an die vermutlichen Rädelsführer. Und er ahnte nicht, dass seine Männer dafür sorgten, dass immer mehr Besatzungsmitglieder zu Dexter und Crouch auf Abstand gingen. Besonders stark war O'Brians Einfluss auf die Iren an Bord, denn im Gegensatz zu Dexter und Crouch sprach er ihre Sprache. Das war zwar in der Royal Navy streng verboten, doch er ließ sich nicht erwischen.

An einem besonders trüben Morgen meldete der Ausguck: „An Deck, zwei Segel in Sicht, Peilung vier Strich Backbord mit Kurs auf Dünkirchen!" Henry stand auf der Luvseite des Achterdecks und befahl: „Mr. Benson, wir wollen hart nach Backbord abdrehen, wer auch immer da kommen mag, soll denken, dass wir aus Dünkirchen ausgelaufen sind. Mr. Haygarth, Klarschiff zum Gefecht!" Dann enterte er auf den Besanmast auf. Hier hatte er die beste Sicht auf die beiden fremden Schiffe. Durch sein Fernglas konnte er sie gut erkennen. Es handelte sich um einen Lugger und ein deutlich größeres Schiff, wohl ein Indienfahrer, offenbar eine Prise des Luggers.

Die *Goose* hatte die blaue Flagge Vizeadmirals Mitchell gesetzt. Das ängstigte den Kommandanten des Luggers ganz offensichtlich und er drehte leicht ab, während er den Union Jack hisste, um den unbekannten Zweidecker zu täuschen. Henry kehrte auf das Achterdeck zurück und befahl: „Mr. Sykes, bitte hissen Sie die Flagge der Batavischen Republik[36]." Damit schien der Luggerkommandant nun beruhigt zu sein, denn er hatte die *Goose* als eindeutig holländischen Bau identifiziert und somit stimmte sein Weltbild wieder. Er hisste nun die Trikolore. Dieses Spiel mit falschen Flaggen, um den Gegner zu täuschen war damals weit verbreitet und eine erlaubte Kriegslist, wenn man nur die eigene Flagge vor seinem ersten Schuss hisste.

Mr. Nutton kam an Deck, um die Feuerbereitschaft der unteren Batterie zu melden – was auch ein Kadett hätte erledigen können - und einen Blick auf den möglichen Gegner zu werfen. Nachdem er das bei Leutnant Haygarth getan hatte, wechselte er zu Henry auf die Luvseite des Achterdecks und sagte, mit einer Berührung seines Zweispitzes einen Gruß andeutend: „Sir, wir haben doch noch den alten holländischen Code. Der Lugger wird ein Franzose sein, der damit ohnehin nichts anfangen kann, aber vielleicht gilt das Erkennungssignal zwischen Holländern und Franzosen ja noch." „Sehr gut, Mr. Nutton, machen Sie weiter", antwortete Henry.

Als Midshipman war der junge Leutnant der Signalfähnrich an Bord der *Mermaid* gewesen und von Henry ziemlich

---

[36] Republik von Frankreichs Gnaden. Sie wurde 1795 nach der Besetzung der Vereinigten Niederlande durch Frankreich gegründet und bestand bis 1806.

getriezt worden. Inzwischen ließ ihn das Thema wohl nicht mehr los, dachte sich Henry schmunzelnd. Dann wandte er sich wieder dem Lugger und seiner Prise zu. Das Erkennungssignal gab für den Kommandanten des Luggers den letzten Ausschlag. Er antwortete mit dem korrekten Signal und ließ nun wieder Kurs auf die Fahrrinne nehmen.

„Sir, Schiff ist klar zum Gefecht", meldete Mr. Haygarth. „Danke Mr. Haygarth, dann wollen wir endlich Farbe bekennen", antwortete Henry. Dann befahl er: „Mr. Benson lassen Sie beidrehen, Mr. Sykes, setzen Sie unsere Flagge, Mr. Bowen, geben Sie dem Lugger mit dem Jagdgeschütz einen Schuss vor den Bug. Untere Batterie, Kanonen ausfahren."

Die *Goose* drehte bei und zeigte dem Lugger ihre Breitseite. Der Lugger war zu nah, als dass er jetzt noch reagieren konnte. Resignierend holte er seine Flagge ein und auch der Ostindienfahrer kapitulierte. Leutnant Haygarth setzte zum Lugger über, während Leutnant Bowen den Ostindienfahrer in Besitz nahm.

Der Kommandant des Luggers *Jean Bart* wurde auf die *Goose* gebracht. Er stellte sich als Leutnant Hendricks vor und sprach als waschechter Dünkirchener Französisch mit einem starken niederländischen Akzent. Er war untröstlich, so leicht in Henrys Falle getappt zu sein. „Immer wieder predige ich meinen Männern, nichts als gegeben hinzunehmen und immer auf der Hut zu sein", sagte er, „und nun passiert mir genau das kurz vor unseren Heimathafen." „Ja, kurz vor der Heimat lässt die Aufmerksamkeit oft nach, das hätte mir ebenso geschehen können", tröstete ihn Henry.

Inzwischen kamen die ersten Meldungen von den Prisen. Der Lugger *Jean Bart* war mit gerade einmal sechs Kanonen bewaffnet. Er hatte den Ostindienfahrer *Lord Hershey* bei einem nächtlichen Enterangriff buchstäblich im Schlaf überrumpelt. Da seitdem nun schon acht Tage vergangen waren, handelte es sich um eine regelkonforme Prise. Die *Lord Hershey* befand sich auf der Rückreise aus Bombay und somit stellte seine Ladung ein gewaltiges Vermögen dar. Diese Nachricht machte an Bord natürlich sofort die Runde. Selbst Crouch und Dexter liefen mit vergnügten Mienen herum, was bei Crouch mit seiner Zahnlücke eher wie das höhnische Grinsen eines Straßenräubers wirkte.

Henry war sich noch immer nicht darüber in Klaren, was er mit den beiden Männern anstellen sollte. Vielleicht sollte er sie trennen. Die beiden Prisen gaben ihm die Gelegenheit dazu. Er befahl Mr. Haygarth zu sich. „Mr. Haygarth, Sie sind länger an Bord als ich, welchen der Midshipmen würden Sie als Prisenkommandanten des Luggers vorschlagen?", fragte er. Leutnant Haygarth dachte kurz nach und sagte dann: „Mr. Mason sollte die Chance bekommen, Sir." „Sehr gut, Mr. Haygarth, dann sei es so", antwortete Henry, „Was die *Lord Hershey* betrifft, ist sie nicht nur eine außerordentlich wertvolle Prise, diesen Typ Schiff hat die Navy zuletzt vermehrt von der East India Company übernommen. Ich könnte mir deshalb gut vorstellen, dass man auch die *Lord Hershey* in die Navy übernehmen wird, weshalb ich sie gern Ihnen übergeben würde, obwohl ich Sie nur sehr ungern als Ersten Leutnant verliere."

Leutnant Haygarth erkannte sofort, worauf Henry hinauswollte. Als Prisenkommandant solch eines Schiffes war es nicht ungewöhnlich, dass man in seinem Kommando bestätigt wurde und das hieße für ihn, die lang ersehnte Beförderung endlich erreicht zu haben. Entsprechend euphorisch fiel seine Reaktion aus. „Allerdings habe ich einen kleinen Wermutstropfen für Sie", bremste Henry seine Dankesbekundungen, „Ich gebe Ihnen Crouch mit. Seien Sie vorsichtig und haben Sie immer ein Auge auf ihn. Ich halte den Mann für gefährlich."

Alle Gefangenen wurden im Unterdeck der *Lord Hershey* eingesperrt. Zu ihrer Bewachung stellte Henry seinem nun ehemaligen Ersten Leutnant ein Kontingent Marinesoldaten zur Verfügung, die von Oberleutnant Burne kommandiert wurden. Mr. Burne hatte sich eine chronische Bronchitis zugezogen und wollte sich auf Anraten von Doktor Reid an Land auskurieren.

Während sich die *Lord Hershey* mit einem überglücklichen Mr. Haygarth auf die kurze Überfahrt nach Deal machte, blieb die *Jean Bart* bei Henry. Für ihn war der Lugger förmlich ein Gottesgeschenk, das ihm die Blockade von Dünkirchen sehr viel leichter machte.

18

Eine weitere Woche Blockadedienst verging. Dank der *Jean Bart* mussten die Kutter nicht mehr als Hilfskanonenboote benutzt werden und die dadurch freigewordenen Männer bildeten die Besatzung des Luggers. Die *Goose* war durch die Abgabe der Prisenbesatzungen inzwischen stark unterbemannt, doch gegen die Freibeuter aus Dünkirchen sollte das kein Problem sein, zumal jetzt ja ein Schiff mehr zur Verfügung stand. Das ständige hin und her vor der westlichen Zufahrt sorgte dafür, dass die Mannschaft ständig in Bewegung blieb und eine Routine bei der Durchführung von Segelmanövern entwickelte. Bald wusste der letzte Landlubber, wann er an welchem Seil zu ziehen hatte. Ein weiterer positiver Nebeneffekt war, dass sich Henry keine weiteren Gedanken um Dexter machen musste, weil dieser einfach zu beschäftigt war, um Unruhe stiften zu können. Außerdem wirkte sich die Aussicht auf ein sehr reichliches Prisengeld äußerst positiv auf die Stimmung der Besatzung aus. Niemand wollte jetzt noch etwas von Meuterei wissen und damit ein kleines Vermögen aufs Spiel setzen

In der Hierarchie der Leutnants war nun Mr. Bowen an die erste Stelle gerückt, gefolgt von Mr. Banks und Mr. Nutton. Nummer vier war Mr. Harper als diensttuender Leutnant. Henry merkte sehr schnell, wie sehr ihm Leutnant Haygarth fehlte. Mit seiner ruhigen Art hatte er den Dienstbetrieb auf der *Goose* sehr souverän geregelt und viele Probleme im Stillen gelöst. Leutnant Bowen fehlte die Erfahrung. Er neigte sehr stark dazu, sich in allen Dingen bei Henry rückzuversichern. Das war ungewohnt und Henry musste feststellen, welches Glück er bisher mit seinen Stellvertretern gehabt hatte.

Henry lebte mit seinem kleinen Geschwader wie Einsiedler, die kaum etwas von der Außenwelt mitbekamen. Wegen der tückischen Untiefen mieden ja die meisten Schiffe das Seegebiet vor Dünkirchen. So verlief auch die Evakuierung der anglo-russischen Invasionstruppe weit hinter der Kimm. Nur einmal, Anfang Dezember, erschien ein Kutter mit Post und frischen Vorräten. Durch ihn erfuhr

Henry, dass die *Lord Hershey* Deal erreicht hatte. Für Mr. Haygarth hatte es die erhoffte Beförderung zum Vollkapitän gegeben. Allerdings verlief die Überfahrt nicht ohne Komplikationen. Crouch hatte versucht, eine Meuterei anzuzetteln, war jedoch rechtzeitig überwältigt worden. Nun wartete er in Deal auf seinen Prozess.

Die Nachrichten aus Knights Manor waren ebenfalls erfreulich. Mutter Hanssen schrieb, wie prächtig sich die kleine Juliette entwickelte. Sie war der ganze Stolz ihrer Großmutter und spendete ihr zugleich Trost in der Trauer um ihre verstorbene Tochter. Das Grabmal nahm Gestalt an und würde noch vor dem Weihnachtsfest fertig sein. Henry hoffte, bis dahin wieder in Deal zu sein, denn die Evakuierung konnte schließlich nicht ewig dauern.

Der Ausbruchsversuch der Freibeuter begann im Morgengrauen. Henry saß gerade bei einem mehr als bescheidenen Frühstück – die frischen Vorräte des Kutters waren längst wieder verbraucht – als der junge Mr. Pauls in die Kajüte gestürzt kam und meldete: „Sir, der Ausguck meldet viele Segel in beiden Zufahrten." „Danke, Mr. Pauls, ich komme sofort", antwortete Henry. Er trank schnell seinen Kaffee aus und ging an Deck. Ein aufgeregter Mr. Bowen kam auf ihn zu und berichtete: „Drei Lugger im westlichen Kanal und zwei im östlichen, Sir. Ich habe Klarschiff zum Gefecht befohlen." „Sehr gut, Mr. Bowen, machen Sie weiter", sagte Henry.

Die *Goose* befand sich mit einem Kanonenboot vor der westlichen Zufahrt, während die *Jean Bart* mit dem anderen Boot die östliche Fahrrinne kontrollierte. Henry war sich sicher, auch ohne das Kanonenboot mit drei Luggern fertig zu werden. Deshalb sandte er es als Unterstützung zur östlichen Zufahrt, wo sich bereits ein heftiges Gefecht entspann.

Die auf die *Goose* zustrebenden Lugger hielten sich etwas zurück. Offensichtlich sollten sie nur der Ablenkung dienen, obwohl sie die zahlenmäßig stärkere Gruppe waren als die Angreifer im Ostkanal. Henry ließ die *Goose* beidrehen und zeigte ihnen die Breitseite des Zweideckers. Dann befahl er: „Mr. Banks, lassen Sie unser Jagdgeschütz einen Schuss abfeuern." Zwar wusste Henry, dass sich die Lugger in sicherer Entfernung hielten, doch sie sollten sehen, dass man sie ganz genau im Auge behielt. Erwartungsgemäß landete die Kugel des Sechspfünders eine halbe Kabellänge[37] vor dem führenden Lugger. Im Grunde bestand hier eine Pattsituation. Die *Goose* konnte mit ihren Kanonen den Gegner nicht erreichen, was umgekehrt auch galt.

„An Deck, die *Jean Bart* hat die Lugger zurückgeschlagen", meldete der Ausguck, es war wieder einmal Sean Rae. Henry nickte zufrieden und sagte: „Mr. Sykes, signalisieren Sie den Kanonenbooten, dass sie zu uns kommen sollen." Mit diesem Befehl erhoffte sich Henry einen Rückzug der Lugger aus dem westlichen Kanal. Er sollte sich nicht täuschen, als die Kanonenboote auf Schussweite heran waren und das Feuer eröffneten, zogen sich die Lugger zurück. Die Zwölfpfünder der Kanonenboote hatten eine deutlich

---

[37] Eine Kabellänge war ein nautisches Längenmaß, das 1/10 Seemeile bzw. 185,2 m entsprach.

größere Reichweite und konnten die Lugger beschießen, ohne von deren Sechspfündern erreicht zu werden.

Henry ließ die Gefechtsbereitschaft wieder aufheben, als Sean Rae meldete: „An Deck, Segel in nordwestlicher Richtung, zumindest ein Zweidecker." Erschrocken fuhr Henry in die angegebene Richtung herum, konnte von Deck aus aber noch nichts erkennen. Wie sollte er sich entscheiden? Noch war Zeit, einem Gefecht auszuweichen, aber dann würden die Freibeuter mit Sicherheit aus Dünkirchen herauskommen. Aber eigentlich hatte er ja keine Wahl, denn seine Befehle waren eindeutig. Er musste sich dem fremden Kriegsschiff stellen. Noch bestand ja auch die Chance, dass es sich um ein britisches Schiff handelte. Eine schöne Hoffnung, an die Henry nicht so recht glauben, mochte, denn ein britisches Schiff würde eigentlich nicht aus dieser Richtung kommen, es sei denn, es kam von weiter her durch den Ärmelkanal.

All diese Überlegungen hatte Henry innerhalb weniger Sekunden angestellt. Er wandte sich zu Mr. Bowen und rief: „Ich belege das[38] – Gefechtsbereitschaft bleibt bestehen!"

19

War die Hoffnung auch noch so gering, dass es sich um ein britisches Schiff handeln möge, sie zerstob als Sean Rae

---

[38] Seemännisch für das Widerrufen eines Befehls oder die Beendigung einer Tätigkeit.

wenig später meldete: „An Deck, es ist ein Vierundsiebziger[39] französischer Bauart. Die Segel sind eindeutig auf französische Art geschnitten."

Dieser letzte Satz gab die endgültige Gewissheit. Zwar fuhren viele ehemals französische Schiffe unter der Flagge der Royal Navy auf den Weltmeeren, doch die erste Maßnahme, sobald ein fremdes Schiff in britische Hände fiel, war neben dem Austausch der Kanonen der Austausch der Segel. Darin war die Royal Navy sehr eigen.

Scheinbar gelassen ging Henry auf der nur ihm zustehenden Luvseite des Achterdecks auf und ab. Natürlich war er nicht vollkommen allein, denn die Karronaden waren auch auf dieser Seite besetzt, doch niemand würde es wagen, ihn hier anzusprechen, es sei denn, in einer dringenden dienstlichen Angelegenheit. Die Männer an der hintersten Karronade auf der Backbordseite stießen sich gegenseitig an und flüsterten sich zu: „Seht den Captain, er denkt sich schon wieder einen Plan aus."

Die Männer an dieser Karronade kannten ihn am besten von allen an Bord. Es waren Charlie Starr, Giorgio, O'Brian und Jeeves. Ja der alte Jeeves, dem es als Steward des Captains zugestanden hätte, bei dessen Sachen im Orlopdeck auszuharren, ließ es sich nicht nehmen, im Gefecht als Auswischer ganz in der Nähe des Kommandanten zu sein. Nur Sean Rae fehlte, der als Ausguck auf der Fockbramsaling eine Drehbasse[40] bediente.

---

[39] Linienschiff mit 74 Kanonen
[40] Leichtes, drehbares Geschütz

Doch die Männer irrten sich. Während Henry auf und ab lief, hatte er keinen Plan und er dachte auch nicht darüber nach. Henry schloss mit seinem bisherigen Leben ab. Er hatte keinerlei Hoffnung, dieses Gefecht unbeschadet zu überstehen. Nicht mehr lange und er würde tot oder verstümmelt irgendwo liegen. Vielleicht würde er in französische Kriegsgefangenschaft geraten. Zu Hause würden die braven Bürger in der Zeitung lesen, dass eines unserer Schiffe von einem Franzosen bezwungen wurde. Zweidecker gegen Zweidecker würden sie sagen, da müssten doch unsere tapferen Jungs gewinnen, wäre da nicht dieser junge Spund als Kommandant gewesen.

Henry hielt es nicht länger auf dem Achterdeck aus. Als wollte er sich von seinem Schiff verabschieden, stieg er hinab bis zum unteren Batteriedeck und ging durch die Reihen. Hier unten hatte Mr. Nutton das Kommando. Er kam Henry strahlend entgegen. „Heute werden wir es ihnen zeigen, Sir", sagte er. Noch so einer, der von ihm Wunderdinge erwartete. Henry zwang sich zu einem Lächeln und sagte: „Dabei kommt es auf Sie an, John, Ihre Batterie kann alles entscheiden. Halten Sie ein konstantes Feuer aufrecht. Alles Gute."

Dann stieg er hinauf zum oberen Batteriedeck und ging auch hier durch die Reihen der Männer, die ihn vertrauensvoll ansahen. Henry grüßte Mr. Banks und begab sich dann auf die Back zu den beiden Jagdkanonen. Hier kommandierte Mr. Fulton, der jüngste Midshipman an Bord. Die Männer auf der Back waren gestandene Seeleute, die ihre Chancen realistisch einschätzten. Trotzdem strahlten sie eine verbissene Kampfbereitschaft aus. Selbst Dexters

Blick hatte jeglichen Hass verloren. Der Feind war jetzt das Schiff irgendwo da draußen unter der Kimm.

Henry kehrte auf das Achterdeck zurück. Jetzt war keine Zeit für Selbstmitleid. Die Männer an Bord vertrauten ihm und er war es ihnen schuldig, sich jetzt nicht aufzugeben. Vielleicht sollte er erst einmal einen Blick auf das fremde Schiff werfen. Er enterte auf zur Fockbramsaling, wo ihn Sean Rae erwartete. „Da drüben kommt sie, Sir", sagte der Mann von den Orkneys und wies mit der Hand nach vorn. Tatsächlich, da kam ihnen ein Vierundsiebziger entgegen. Die Segelstellung wirkte irgendwie schlampig, als wären die Segel nicht ordentlich durchgesetzt. Vielleicht hatte das Schiff eine Menge Landlubber an Bord, die seekrank waren, weil es noch nicht lange den Hafen verlassen hatte. Woher mochte es kommen? Aus Boulogne?

Jetzt hatte man die *Goose* entdeckt und der Franzose - Henry war sich dessen inzwischen ganz sicher – nahm Kurs auf sie. Doch statt einer Wende[41] entschied sich der Kommandant für eine Halse[42]. Offenbar war er in diesen Gewässern fremd und wusste nur um ihre Gefährlichkeit, oder er vertraute nicht auf die Fähigkeiten seiner Besatzung. „Was für schlechte Seeleute", schnaubte Sean Rae verächtlich, als er das Manöver sah. Henry musste ihm beipflichten und in seinem Kopf nahm ganz langsam ein Plan Gestalt an. „Alles Gute, Rae", sagte er noch und klopfte

---

[41] Richtungswechsel bei dem das Schiff mit dem Bug durch den Wind geht.
[42] Richtungswechsel bei dem das Schiff mit dem Heck durch den Wind geht.

dem Ausguck auf die Schulter, ehe er abenterte. „Danke, Ihnen auch, Sir", antwortete Sean Rae.

Als Henry wieder an Deck kam, sah Charlie Starr, dass sich die Haltung seines Kommandanten deutlich verändert hatte. „Der Captain hat einen Plan", sagte er zuversichtlich zu seinen Kameraden. Diese Bemerkung pflanzte sich wie ein Lauffeuer im ganzen Schiff fort. Wer sollte schließlich den Kommandanten besser kennen, als sein Bootssteurer? Aus der gespannten Ruhe wurde freudige Aufregung, so dass sich Leutnant Bowen zum Einschreiten genötigt sah. „Ruhe an Deck!", rief er ärgerlich. Der Leutnant konnte sich diese veränderte Stimmung nicht erklären, denn er selbst war so aufgeregt, dass er die Veränderung des Kommandanten nicht bemerkt hatte.

Mittlerweile konnte man das französische Kriegsschiff auch vom Deck aus erkennen. Unter vollen Segeln hielt es auf die *Goose* zu. Henry rief den Bootsmann zu sich. „Mr. Brown, wir gehen nur unter Mars- und Klüversegeln ins Gefecht. Lassen Sie alle anderen Segel bergen. In diesem Gefecht kommt es auf die Geschwindigkeit der Segelmanöver an. Die dafür eingeteilten Männer sollen an ihren Stationen bereitstehen und nicht an den Geschützen aushelfen", befahl er.

Der Bootsmann eilte davon und gab die nötigen Befehle, woraufhin die Bootsmannspfeifen ertönten und die Toppgasten auf die Masten kletterten. Innerhalb kürzester Zeit waren die überzähligen Segel geborgen und die Männer kehrten auf ihre Gefechtsstationen zurück. Nun wandte sich Henry an Mr. Sykes: „Signal an die *Jean Bart* und die

Kanonenboote: in die Fahrrinne zurückziehen." Im Gefecht konnten sie der *Goose* nicht helfen.

Wenig später ertönte ein erster Schuss. Der Franzose hatte ihn abgefeuert. Die Kugel landete weit vor der *Goose* im Meer. Das Gefecht hatte begonnen.

20

Die beiden Schiffe stürmten aufeinander zu. Wieder feuerte der Franzose eine Kanone ab und wieder lag der Schuss viel zu kurz. „Mr. Banks, Backbordjagdkanone mit größter Erhöhung abfeuern, sobald das Ziel erfasst wird!", befahl Henry. Wenig später wurde der Sechspfünder abgefeuert. Die Kugel traf vor dem französischen Schiff aufs Wasser, hüpfte aber weiter und schlug in den Bug ein. Der Vierundsiebziger antwortete, doch sein Schuss flog unter höhnischem Gelächter auf der Back an der *Goose* vorbei. „Ruhe an Deck", bellte Leutnant Banks aufgeregt.

Gleich würden sich beide Schiffe begegnen und Henry stellte zufrieden fest, dass der Franzose seine untere Geschützreihe nicht öffnen konnte, da er zu weit nach Backbord überholte. Damit standen ihm nur dreiundzwanzig statt siebenunddreißig Kanonen zur Verfügung und die *Goose* hatte somit sogar ein kleines Übergewicht, was die Anzahl der Geschütze betraf.

„Backbordbatterien feuern, sobald Ziel erfasst ist und dann volle Deckung!", befahl Henry. Die beiden Schiffe gaben gleichzeitig rollende Breitseiten ab. Henry hatte die

Goose so nah an den Gegner steuern lassen, dass die Karronaden ihre volle Wucht entfalten konnten. Sobald die Achterdecksbatterie geschossen hatte, warf sich Henry zu Boden. Der Franzose antwortete mit seiner Oberdecksbatterie. Krachend schlugen die Kugeln in die Goose ein, Schmerzensschreie ertönten.

Henry rappelte sich auf und schaute sich um. Zwei Karronaden der Oberdecksbatterie waren umgestürzt worden und hatten insgesamt drei Seeleute unter sich begraben. Hektisch bemühten sich ihre Kameraden, sie unter der schweren Last hervorzuziehen. Weiter vorn fehlte ein Stück der Reling. Nun sah er hinüber zum Franzosen, doch der war bereits zu weit weg, als dass Henry irgendwelche Wirkungstreffer erkennen konnte. Dafür las er am Heck des Zweideckers dessen Namen: *La Pyramide*. Es schien sich um ein neues Schiff der *Téméraire-Klasse*[43] zu handeln, denn Henry hatte noch nicht von ihr gehört.

Die *La Pyramide* näherte sich nun den Untiefen vor Dünkirchen und ihr Kommandant ließ sein Schiff erneut halsen, während die *Goose* rasch wendete. Wieder näherten sich die beiden Schiffe an und diesmal suchte der französische Kapitän die Leeseite, um beide Geschützreihen einsetzen zu können. Henry durfte das nicht zulassen, denn das wäre gleichbedeutend damit gewesen, die Unterdecksbatterie selbst nicht nutzen zu können.

„Ruder zwei Strich Backbord", befahl er deshalb, als die Schiffe nur noch eine Kabellänge voneinander entfernt

---

[43] Erfolgreichster französischer Linienschifftyp, der in großer Stückzahl produziert wurde.

waren und die *Goose* kreuzte den Bug der *La Pyramid*, womit er sie diesmal an Steuerbord haben würde. Zugleich feuerte die Unterdecksbatterie eine Breitseite ab, um ihren Gegner der Länge nach zu bestreichen. Leider gelang das nicht sehr gut, lediglich zwei Kugeln trafen den Rumpf der *La Pyramide*.

Nun wurde im unteren Batteriedeck hektisch nachgeladen. Als sich die Schiffe passierten, konnte die *Goose* ihre komplette Steuerbordbreitseite einsetzen. Diesmal achtete Henry auf die Einschläge der Geschütze. Die Karronaden richteten auf dem Oberdeck der *La Pyramide* ein Blutbad an, wie Henry empfand, während die schweren Kanonen der Unterdecksbatterie ihre Kugeln gegen den Rumpf feuerten. Einige Kugeln prallten von den schweren Eichenplanken ab, einige blieben im Rumpf stecken aber es wurden auch Lecks in die Bordwand gerissen.

Die gleichzeitige Antwort der *La Pyramide* richtete sich gegen die Takelage *der Goose*, ihre Kanonen auf dem oberen Kanonendeck hatten Kettenkugeln geladen, die jaulend durch die Luft flogen. Die Bramstenge des Besanmasts wurde abrasiert und stürzte nach unten, blieb aber, von Tauen gehalten, knapp über dem Achterdeck hängen. Sofort stürzte der Bootsmann mit seinen Männern herbei, um sie zu kappen und vorsichtig auf Deck zu sichern.

Diesmal sah sich Henry zu einer Halse gezwungen. Er musste mit der beschädigten Takelage und momentan nur noch wenigen Männern an den Tauen einfach auf Nummer sicher gehen. Derweil hatte *La Pyramide* diesmal gewendet und schien fest entschlossen, im Lee der *Goose* zu bleiben.

Aber Henry hielt dagegen. So schien es, als würden sich die Schiffe in voller Fahrt rammen zu wollen, es sei denn, einer der beiden Kommandanten zog zurück. Henry wusste, die *Goose* war zwar kleiner, aber recht massiv gebaut – holländische Wertarbeit. Wie sah es mit der *La Pyramide* aus, die nach zehn Jahren Revolution gebaut worden war? Wer würde den Zusammenprall besser verkraften?

Henry war klar, dass er im Prinzip nichts zu verlieren hatte und vielleicht wäre ein Enterkampf sogar die Minimalchance für ihn. Doch diese Frage erübrigte sich, weil der französische Kommandant im letzten Moment nach Steuerbord auswich.

Diesmal passierten sich die beiden Schiffe ganz nah, man hätte fast einen Stein hinüberwerfen können, dachte sich Henry. Die Breitseiten wurden fast gleichzeitig abgefeuert. Wieder fegte ein Wirbel von Kettenkugeln durch die Masten hindurch. Es erwischte den Großmast. Die Marsstenge wurde fast genau in der Mitte zerhackt und der Mast knickte ab. Eine der Kanonen hatte zu tief gezielt. Ihre Kettenkugel flog dicht über das Deck. Leutnant Banks wurde von ihr geköpft. Das für Sekunden noch immer schlagende Herz pumpte Blut aus dem zuckenden Körper und spritzte einen blutigen Regen über das Deck.

Derweil blieb die *Goose* ihrem Gegner nichts schuldig. Wieder hämmerten die großen Kanonen der Unterdecksbatterie ihre Kugeln in den Rumpf der *La Pyramide*, der nun schon einige Lecks aufwies, während die Karronaden der Oberdecksbatterie und des Achterdecks wieder auf dem Deck des französischen Schiffes blutige Schneisen rissen.

Aber die *Goose* war nun in ernsten Schwierigkeiten. Die abgeknickte Großmarsstenge samt der mit ihr verbundenen Großbramstenge und ihren Rahen wirkte wie ein Treibanker, der das Schiff permanent im Kreis fahren ließ. Wenn es nicht innerhalb kürzester Zeit gelang, diese Mastteile über Bord zu geben, wäre die *Goose* der *La Pyramide* fast wehrlos ausgeliefert. Entsprechend verbissen arbeitete der Bootsmann mit seinen Männern, während die *La Pyramide* in rund drei Kabellängen Entfernung wendete. Henry schnappte sich ebenfalls eine Axt, um die fast armdicken Taue zu zerschlagen.

Sie hatten Glück. An Deck der *La Pyramide* herrschte so viel Chaos, dass sie sich in der Wende festsegelte und einen erneuten Versuch unternehmen musste. Derweil glitt der abgetrennte Mast ins Wasser und die *Goose* war wieder manövrierfähig. Allerdings hatte sie das Großmarssegel eingebüßt, so dass sie nun deutlich langsamer unterwegs war.

Henry war klar, wenn sie auch noch den Fockmast verlieren würden, könnten sie das Gefecht nicht überleben. Deshalb entschloss er sich zu einer verzweifelten Maßnahme, deren Ausgang völlig offen war. Statt sich der *La Pyramide* zu einem weiteren Feuerduell zu stellen, hielt die *Goose* weiter auf die Untiefen zu. „Mr. Benson, wie ist der Stand der Tide[44]?", fragte Henry den Master. „Sir, die Tide ist vor fünfzehn Minuten gekippt, wir sind noch knapp unter dem Höchststand"; antwortete Mr. Benson. Henry nickte zufrieden. Sein Plan konnte mit etwas Glück aufgehen. „Was meinen Sie, werden wir es noch über das Unterwasserriff vor uns schaffen?", fragte er nach. Der Master kratzt seine

---

[44] Teil der Gezeiten

Bartstoppeln und sagte etwas zögerlich: „Ja, es könnte klappen, dank des fehlenden Mastes haben wir ja etwas weniger Tiefgang."

Auf der *La Pyramide* erkannte man jetzt, dass sich die *Goose* ganz offensichtlich zur Flucht wandte und setzte mehr Segel, um das angeschlagene Schiff einzuholen. Sie kam der *Goose* auch deutlich näher.

Mr. Benson peilte verschiedene Landmarken an, um sich so der genauen Position zu vergewissern. Das von der *Goose* angesteuerte Riff befand sich rechts neben der westlichen Zufahrt nach Dünkirchen. Daneben lagen die *Jean Bart* und die Kanonenboote Das war zwar nicht so geplant, würde die Franzosen aber vielleicht zusätzlich beruhigen.

Das Riff war erreicht. Die steife Brise drückte noch zusätzlich Wasser auf die Untiefen und es schien, als käme die *Goose* gut darüber hinweg. Dann gab es einen Schlag und das Schiff bremste stark ab, blieb aber in Bewegung. Diese ominösen Schleifgeräusche, die anzeigten, dass die *Goose* auf einen Widerstand getroffen war, ließen alle an Bord die Luft anhalten. Doch dann war Ruhe und die *Goose* schwamm wieder frei.

Nun kam es darauf an, möglichst rasch nach Backbord abzudrehen, denn auf der anderen Seite der Fahrrinne, die die *Goose* nun erreicht hatte, ragte eine der versteinerten Dünen bedrohlich aus dem Wasser. Das Manöver gelang, wenn auch knapp, und die Goose steuerte wieder auf die offene See hinaus.

Dabei geriet sie in den Schussbereich der *La Pyramide*, die sofort ihre Backbordbreitseite abfeuerte. Die *Goose* wurde von einem Hagel tödlichem Eisens getroffen und fast alle Karronaden der Oberdecksbatterie wurden außer Gefecht gesetzt. Das ganze Deck schwamm vor Blut. Mehrere Männer starben oder wurden verstümmelt.

Die gleichzeitig abgefeuerte Breitseite der *Goose* blieb fast ohne Wirkung, doch trotzdem blieb die *La Pyramide* plötzlich wie von einer stählernen Faust getroffen stehen. Ihr größerer Tiefgang und das, durch die Leckagen eingedrungene, Wasser wurden ihr zum Verhängnis. Sie war in voller Fahrt auf das Riff aufgelaufen.

Nun galt es zu verhindern, dass die *La Pyramide* wieder flott kam. Die *Goose* fuhr eine Wende und legte sich mit backgestellten Segeln hinter die *La Pyramide*. Alle verbliebenen Geschütze der Backbordbreitseite schossen Salve um Salve in das unglückliche Schiff, während sich die *Jean Bart* und die Kanonenboote vor ihren Bug legten und sie ebenfalls beschossen.

Schließlich eilte eine humpelnde Gestalt zum Flaggenstock am Heck der *La Pyramide* und holte die Trikolore ein. Es war vorbei.

21

Obwohl die *La Pyramide* faktisch ein Wrack war, galt es nun, sie zu sichern. Leutnant Bowen sowie Leutnant Eyre mit einer Abteilung Marineinfanteristen setzten zu ihr über und nahmen die Besatzung gefangen.

Inzwischen war man an Bord der *Goose* damit beschäftig, die Schäden des Gefechts soweit wie möglich zu beseitigen. Der kurze Kontakt mit dem Riff hatte ein Leck in den Rumpf der *Goose* gerissen. Dieser Schaden konnte nur in einer Werft beseitigt werden. Mr. White, der Zimmermann, bemühte sich, mit seinen Männern, ein Lecksegel über die beschädigte Stelle zu ziehen. Trotzdem drang immer noch etwas Wasser ein, so dass die Pumpen ständig arbeiten mussten.

Gleichzeitig arbeitete Mr. Brown an der Takelage. Die Besanbramstenge wurde mangels einer Alternative als provisorische Großmarsstenge verwendet. Das war keine schöne, aber praktikable Lösung, denn so ließ sich die *Goose* noch recht vernünftig segeln. Henry revidierte dabei seine anfänglich eher negative Meinung über den Bootsmann. Unter seiner Ägide mochte die Takelage zwar immer etwas schlampig wirken, doch er war ein Meister der Improvisation.

Henry schrieb an seinem Bericht über das Gefecht, als Doktor Reid gemeldet wurde. „Er soll eintreten", sagte Henry. Die Kleidung des Arztes war voller Blut, obwohl er eine Schürze getragen hatte. Nun kam der für Henry schlimmste Teil nach einem Gefecht. Doktor Reid hatte den Blutzoll des Tages zu vermelden. „Sir, neben Leutnant Banks haben wir den Midshipmen Fulton und den Kadetten Tompson verloren. Hinzu kommen noch zehn tote Seeleute und fünf Schwerverwundete, von denen ich nicht weiß, ob sie die kommende Nacht überleben werden", meldete Doktor Reid.

Was für eine schreckliche Schlachterrechnung, dachte sich Henry, aber einigen älteren Männern in der Admiralität mochte sie gefallen. „Danke, Doktor, trinken Sie ein Glas Wein mit mir?", fragte Henry. „Sehr gerne Sir, ich bin so frei", antwortete der Arzt. Sie prosteten sich zu und tranken ihren Wein in kameradschaftlichem Schweigen. Beide hingen ihren Gedanken nach, die sich um die Ereignisse des Tages drehten. Nach dem letzten Schluck erhob sich Doktor Reid und sagte: „Danke für den guten Tropfen, Sir. Jetzt warten wieder meine Patienten auf mich." „Ich werde Sie nachher besuchen, sobald ich mich um die *La Pyramide* gekümmert habe", antwortete Henry.

„Mr. Bowen zu mir", befahl Henry. Er wartete ungeduldig auf seinen Ersten Leutnant, denn es gab heute noch sehr viel zu tun. „Da sind Sie ja", sagte er, „Ich ließ Sie rufen, weil wir das Problem mit unseren Gefangenen lösen müssen." „Ein paar Leute für die Pumpen wären schon nicht schlecht", meinte Leutnant Bowen, aber Henry sagte kopfschüttelnd: „Nein, wer weiß, wie lange wir noch vor Dünkirchen ausharren müssen. Ich habe mich dazu entschlossen, sie auf Ehrenwort freizulassen. Nehmen Sie ihnen das Ehrenwort ab und setzten Sie sie in ihre Boote. Dünkirchen ist ja schließlich nicht weit." Leutnant Bowen salutierte und verließ die Kajüte.

„Charlie Starr soll kommen", befahl Henry jetzt. Wenn die Gefangenen von der *La Pyramide* herunter waren, gab es noch eine wichtige Aufgabe zu erledigen, um die er sich persönlich kümmern wollte. Wo blieb der Kerl denn nur? Endlich öffnete sich die Tür und Charlie Starr trat ein.

„Charlie", brummte Henry seinen Bootssteurer an, „ich habe schon vor fünf Minuten nach dir rufen lassen – was hat denn da so lange gedauert?" Charlie Starr zuckte die Schultern, zeigte seine Hände und antwortete: „Sorry, Sir, ich war grad dabei, mein Entermesser zu putzen und musste mir erst mal die Hände schrubben – kann ja wohl schlecht mit dreckigen Flossen vorm Käptn erscheinen." Henry nickte verstehend und schaute auf seinen Entersäbel, der an der Wand seiner Kajüte hing: „Ja, mein Säbel müsste auch mal wieder geputzt werden." Charlie Starr setzte eine gleichmütige Miene auf, den Blick ins Nirgendwo gerichtet, und dachte dabei: „Dein Messer putzt du mal schön selber, mein Freund. Ich bin dein Bootssteurer, nicht dein Hausmädchen." Dann salutierte er kurz und fragte: „Sie wollten mich sprechen, Sir?"

„Ja, mach die Gig fertig und lass Dir von Mr. James ausreichend Zündschnüre geben", sagte Henry, „Wir veranstalten nachher noch ein kleines Feuerwerk, das auch die verdammten Korsaren in Dünkirchen sehen werden." Charlie Starr lächelte verstehend und antwortete: „So ein Feuerwerk wünsch ich mir schon lange, Sir."

Es sollte jedoch einige Zeit dauern, ehe Leutnant Bowen Vollzug melden konnte. Er brachte einen ganzen Stapel Papiere mit sich, auf denen er die gefangenen Offiziere ihre Ehrenworte hatte quittieren lassen. Immerhin brauchte man ja für einen eventuellen Gefangenenaustausch Dienstgrad und Namen. Die Bürokratie der Royal Navy war da unerbittlich.

Vom Achterdeck aus konnte Henry sehen, wie sich die Boote der *La Pyramide* in Richtung Dünkirchen entfernten. Derweilen pendelten die Boote der *Goose* zwischen dem Wrack und der *Goose* hin und her, um das noch brauchbare

Schießpulver zu bergen. Lediglich einige wenige Fässer sollten auf der *La Pyramide* verbleiben.

Schließlich ließ sich Henry zur *La Pyramide* übersetzen, die nun auf dem deutlich sichtbaren Riff thronte. Nur über den Bug ließ sie sich noch mit dem Boot erreichen. Hier waren auch die Jakobsleitern ausgebracht, mit deren Hilfe man an Deck kam. Das Schiff bot ein Bild der Verwüstung. Kanonen lagen über die Decks verteilt. Die Decksplanken waren rot vom Blut der Toten und Verwundeten. Die Toten hatte man im Gefecht einfach über Bord geworfen. Mit der ablaufenden Tide waren sie in den Weiten der Nordsee verschwunden. Trotzdem mochte es geschehen, dass irgendwo ein grausiges Strandgut angespült wurde.

Das Quartier des Kommandanten war vollkommen leer. Die Möbel hatte man vor Beginn des Gefechts unter Deck geräumt, alle wichtigen Unterlagen hatte der Kapitän vor der Kapitulation über Bord geworfen und sein Eigentum mitgenommen. Im Orlopdeck fanden sich dann die Möbel des Kommandanten. Henry hatte kein Interesse daran. Er stieg mit Charlie Starr immer tiefer. Jetzt, während der Ebbe war sogar die Bilge halbwegs trocken, denn das Wasser war durch den aufgerissenen Rumpf abgelaufen. Würde man den Zweidecker wieder flottmachen können? Henry hatte da seine Zweifel, doch er wollte ganz sichergehen.

Gemeinsam mit den Männern der Kommandantengig brachte er an drei Stellen des Kiels Pulverfässer als Sprengladungen an. Die Zündschnüre wurden nach oben geführt und angezündet. Zugleich wurden an mehreren Stellen Feuer entfacht. Dann hieß es, so schnell wie möglich zurück in die Gig zu kommen. Eilig wurde sie von der *La Pyramide* weggerudert. Als sich Henry nach einer

Weile umschaute, stand das Schiff bereits in hellen Flammen. Bald sollten die Pulverfässer explodieren. Das geschah mit einem dumpfen Knall, weit weniger spektakulär, als es Henry erwartet hätte, aber auf jeden Fall wäre jetzt auch das Rückgrat des Schiffes mehrfach gebrochen. Niemand würde noch versuchen können, es zu bergen.

22

Auch in den folgenden Tagen hielten die *Goose* und ihre Begleiter ihre Position vor den Zufahrten nach Dünkirchen. Dabei zeigte sich, dass die Schäden am Rumpf der *Goose* noch schwerwiegender waren, als zunächst angenommen. Neben dem bereits bekannten Leck gab es weitere Stellen, an denen Wasser einsickerte. Die Pumpen waren permanent im Einsatz, obwohl der Zimmermann das Leck zusätzlich zum Lecksegel auch von innen so gut wie möglich abgedichtet hatte.

Eigentlich hätte die *Goose* den Kanal überqueren und eine Werft anlaufen sollen, doch Henrys Befehle waren eindeutig. Er hatte die Station bis auf Widerruf zu halten. So segelte die *Goose* auf und ab, ständig begleitet vom ewigen klack, klack, klack der Pumpen. Glücklicherweise blieb es dabei ruhig. In Dünkirchen kannte man das Schicksal der *La Pyramide* und man wollte keinen Ausbruchsversuch mehr wagen, zumal es ohnehin auf die Weihnachtstage zuging.

Mit der Versorgung verschlechterte sich auch die Stimmung an Bord. Die Besatzung hatte den Eindruck, von der Admiralität schlichtweg vergessen worden zu sein. Henry konnte es seinen Männern nicht verdenken, denn in seinen häufigen einsamen Augenblicken fragte er sich selbst ja auch, wie lange er noch vor Dünkirchen ausharren sollte. Die Evakuierung der Truppen aus Nordholland musste doch längst abgeschlossen sein.

Wieder begann ein kalter und trüber Tag auf See. Zumindest hatte es in den letzten Wochen nicht gestürmt. Wer weiß, ob die *Goose* dem noch gewachsen gewesen wäre. Nach einer kurzen Morgentoilette ging Henry an Deck und blickte sich um. Außer dem verkohlten Gerippe der *La Pyramide* war nichts zu sehen. Ein leichter Nieselregen machte das Deck feucht und rutschig.

„Guten Morgen, Sir, alles ruhig und wohlauf", grüßte ein strahlender Leutnant Nutton. Seit seiner Beförderung war dieses Strahlen nur während des Gefechts mit der *La Pyramide* kurz aus seinem Gesicht gewichen. Henrys Laune konnte es nicht verbessern, denn er wusste, dass ihn unter Deck nur ein äußerst verdünnter Kaffee und Schiffszwieback mit etwas altem Fett erwarteten. Trotzdem ging er zurück in seine Tageskajüte und wärmte die klammen Finger an dem obskuren Gesöff.

Durch das geschlossene Oberlicht hörte Henry einen Ruf, konnte ihn aber nicht verstehen. Dann hörte er ein Trappeln auf der Treppe. Der Kadett Wicks öffnete die Tür und meldete: „Sir, der Ausguck hat ein Segel in Nordwest gemeldet." Henry sprang sofort auf und eilte an Deck. „Wer sitzt im Ausguck?", fragte er. „O'Brian, Sir", antwortete Mr. Nutton. Henry nahm sich ein Fernrohr und enterte auf.

„Da, Sir", sagte O'Brian und zeigte die Peilung an. Tatsächlich, in der angegebenen Richtung war ein fernes Segel zu erkennen, das gegen den Wind aufkreuzte. Durch das Fernrohr konnte Henry erkennen, dass es sich um eine Brigg handelte. Für einen kurzen Augenblick schlug Henrys Herz schneller. War das etwa seine *Clinker*? Nein, die Brigg hatte zwar dieselben Linien, doch Henry erkannte schnell, dass es sich lediglich um eines der Schwesterschiffe der *Clinker* handelte. Er wusste, dass einige dieser Schiffe mit Admiral Mitchell in die Zuidersee vorgestoßen waren.

Er enterte wieder ab und sagte zu Leutnant Nutton: „Eine Kanonenbrigg nähert sich. Hoffentlich bringt sie uns Nachrichten vom Admiral." „Aye Sir", antwortete Nutton kurz. Dann wandte er sich an den Signalfähnrich: „Mr. Sykes, halten Sie das Codebuch und das heutige Erkennungssignal bereit." Henry musste schmunzeln. Die Flaggensignale schienen den jungen Leutnant noch immer nicht loszulassen.

„Brigg signalisiert", meldete Mr. Sykes. Dann blätterte er hastig im Codebuch und sagte: „Es ist die *Cracker*, Leutnant Atkinson." Nachdem die Geheimsignale ausgetauscht waren, signalisierte die *Cracker*: Habe Depeschen für Sie. „Mr. Sykes, signalisieren Sie der *Cracker*, dass ihr Kommandant zu uns an Bord kommen soll", befahl Henry.

Die *Cracker* schor heran und ging auf einen Parallelkurs zur *Goose*. Dabei näherte sich die Brigg so dicht, dass ihr Kommandant hinüber zur ausgebrachten Jakobsleiter springen konnte. Zugleich wurde der Postsack mit einem Seil an Bord der *Goose* gehievt. Leutnant Atkinson wurde mit allen, einem Kommandanten gebührenden, Ehren empfangen. Henry begrüßte ihn persönlich und geleitete ihn in die große Kajüte.

Jeeves servierte heißen Grog. Bei der Kälte schien das angemessener zu sein als der übliche Wein. Henry trank dem Leutnant zu und fragte dann: „Nun, Captain Atkinson, welche Nachrichten bringen Sie uns?" „Ich habe Post und neue Befehle von Admiral Mitchell für Sie, Sir", antwortete Mr. Atkinson. Mit diesen Worten reichte er

Henry einen versiegelten Umschlag. „Bitte entschuldigen Sie mich", sagte Henry und öffnete den Umschlag. Rasch überflog er die Zeilen und seine Miene hellte sich immer weiter auf. Es war der erhoffte Befehl, die Blockade zu beenden und nach England zurückzukehren.

„Kennen Sie den Inhalt des Schreibens?", fragte Henry. „Nein, aber nachdem ich zuvor vor Antwerpen und Oostende war, wo die Blockaden aufgehoben wurden, ahne ich, dass Sie auch so einen Befehl erhalten haben", antwortete Leutnant Atkinson. „Die Evakuierung ist demnach beendet", vermutete Henry. „Ja, Sir, ich bin mit der Nachhut von Den Helder aufgebrochen", bestätigte Leutnant Atkinson.

Henry hätte den Leutnant liebend gern zu einem Essen eingeladen, doch leider ließen das seine Vorräte nicht mehr zu. Henry übergab dem Leutnant eine Abschrift seines Gefechtsberichts und dieser versprach, ihn unverzüglich an Admiral Mitchell zu übergeben. Dann schieden beide im besten Einvernehmen, woran sicherlich auch der vorzügliche Grog seinen Anteil hatte. Bevor die *Cracker* in Richtung England davon segelte, sandte Leutnant Atkinson noch ein Säckchen Kaffeebohnen auf die *Goose*. Damit war Henrys Tag endgültig gerettet.

Sofort wurden die Kommandanten der *Jean Bart* und der Kanonenboote an Bord gerufen und Henry teilte ihnen die neuen Befehle mit. Die *Jean Bart* sollte als schnellster Segler mit den Berichten für Admiral Lutwidge voraussegeln. Die *Goose* würde die Kanonenboote nach Deal schleppen.

Dann brach man sofort auf. Bald verschwand die *Jean Bart* am Horizont. Henry folgte ihr mit seinen Blicken, während sich die *Goose* humpelnd wie ein Kriegsversehrter durch die Wellen mühte. Es wurde eine lange Überfahrt. Zuletzt hatte die *Goose* immer mehr Wasser genommen, so dass es die Pumpen kaum noch bewältigen konnten.

Endlich kam Downs Reede in Sicht. Sobald man die *Goose* dort bemerkt hatte, drangen laute Jubelrufe herüber. Man hatte also das Gefecht gegen die *La Pyramide* in England zur Kenntnis genommen. Henry ließ die *Goose* in der Nähe der *Overyssel* vor Anker gehen, jedoch so dicht am Strand wie möglich. So konnte sie zumindest nicht sinken. Trotzdem war sich Henry sicher: Die *Goose* würde nie mehr in See stechen.

Neben Walmer Castle war ein Galgen errichtet worden, an dem eine Gestalt hing, der die Möwen schon sehr zugesetzt hatten. Trotzdem erkannte Henry den Toten. Es war Crouch. Selbst im Tode schien er Henry noch immer höhnisch anzugrinsen.

23

Henrys erster Weg führte ihn zu Admiral Lutwidge, der ihn sofort empfing. „Henry, mein Junge, man hört ja tolle Sachen von Dir", begrüßte ihn der Admiral äußerst gut gelaunt. Dann musste Henry in allen Einzelheiten von dem Gefecht gegen die *La Pyramide* berichten. „Natürlich kenne ich Deinen Bericht bereits, denn die Admiralität hat ihn an die Gazette weitergeleitet", gestand der Admiral, „aber aus erster Hand ist so ein Bericht doch etwas ganz Anderes." Für Henry lag das Gefecht schon weit zurück, die Sorge um den Zustand der *Goose* hatte die Erinnerung längst überlagert, doch im Gespräch mit Admiral Lutwidge kam alles zurück.

„Du hast Einiges riskiert", stellte Admiral Lutwidge schließlich fest. „Welche Wahl hatte ich denn gegen solch einen Gegner? Ich habe mich auf meinen Master verlassen, obwohl mir schon klar war, dass die letzte Verantwortung bei mir lag", sagte Henry. „Auf jeden Fall hast Du einmal mehr einen sehr guten Eindruck bei der Admiralität hinterlassen. Nach dem Scheitern der Invasion in Holland ist man froh, die Presse mit Deiner Heldentat ablenken zu können", erklärte Admiral Lutwidge, „Übrigens möchte Dich Earl Spencer gern persönlich kennenlernen, doch zuvor hat er einen speziellen Auftrag für Dich. Dafür wirst Du die *Goose* nach Sheerness überführen und Dich bei Admiral Graeme melden." „Wann soll ich aufbrechen?", wollte Henry wissen. „Leider sofort. Dein Auftrag duldet keine Verzögerung", antwortete Admiral Lutwidge mit Bedauern in der Stimme, denn er sah, dass Henry eigentlich auf einen Urlaub gehofft hatte.

So humpelte die *Goose* an der Küste entlang nach Sheerness. Henry wagte es nicht, sich mit dem angeschlagenen Schiff außer Sichtweite des möglicherweise rettenden Ufers zu begeben. Nach drei Tagen kam Sheerness endlich in Sicht. Nach dem üblichen Salut signalisierte die *Zealand*, Admiral Graemes Flaggschiff, dass die *Goose* direkt in die Werft verholen sollte. Henry wurde auf die *Zealand* befohlen. Captain Parr begrüßte ihn persönlich. Er hatte die *Zealand* schon kommandiert, als Henry noch Kommandant der *Clinker* war. „Willkommen zurück, Captain du Valle", sagte er, „Ich habe Ihre eindrucksvolle Karriere mit Interesse verfolgt. Admiral Graeme erwartet Sie."

Vizeadmiral[45] der blauen Flagge Alexander Graeme empfing Henry in der großen Kajüte. Er war ein großer

---

[45] Vizeadmiral (engl. Vice Admiral) war die Rangstufe über dem Konteradmiral und wie dieser in blaue, weiße und rote Flagge unterteilt.

Mann, dessen starker Akzent Henry an Sean Rae erinnerte, der ebenfalls von den Orkney Inseln stammte. In der Schlacht auf der Doggerbank hatte er seinen linken Arm verloren.

„Gut, dass Sie kommen, Captain du Valle. Earl Spencer hat einen Sonderauftrag für Sie", sagte Admiral Graeme. Henry sah ihn fragend an und der Admiral fuhr fort: „Ihnen wird die Ehre zuteil, ihre königliche Hoheit Wilhelmine von Preußen, die Frau des Erbstatthalters der Vereinigten Provinzen der Niederlande, von Cuxhaven nach Great Yarmouth zu befördern. Das ist eine große Ehre für Sie und Ihr Schiff. Immerhin ist ihr Gatte ein Cousin unseres Königs." „Sir, ich muss Ihnen melden, dass die *Goose* nach ihrem letzten Einsatz nicht mehr hochseetüchtig ist und dringend in die Werft muss", erwiderte Henry. „Das ist mir bekannt, Admiral Lutwidge hat mich informiert. Deshalb habe ich die *Goose* ja auch direkt in die Werft befohlen. Sie und Ihre Besatzung werden die *Orange* übernehmen, die momentan noch in der hiesigen Werft liegt", antwortete Admiral Graeme.

Henry gehörte nicht zu den Menschen, die auf irgendwelche Ehrungen erpicht waren. Aber immerhin erhielt er aufgrund seines Auftrages ein Sonderkontingent an Quotenmännern[46], damit seine Besatzung die Sollstärke von fünfhundert Mann erreichte. Es wäre auf Admiral Graeme zurückgefallen, wenn er ein unterbemanntes Schiff auf eine derartig wichtige Mission geschickt hätte und es zu Problemen gekommen wäre. So lag nun die komplette Verantwortung bei Henry, der sich jedoch sagte,

---

[46] Das Quotensystem wurde 1795 eingeführt und verpflichtete jede Grafschaft, Männer für den Dienst in der Royal Navy abzustellen. Die Quote wurde aufgrund der Bevölkerungsstärke und der Anzahl der Seehäfen festgelegt.

dass er als Kommandant ja ohnehin die volle Verantwortung für Schiff, Mannschaft und eventuelle Passagiere trug. Natürlich entstammten fast alle Neuzugänge dem Bodensatz ihrer Grafschaften und waren dem Galgen oder der Deportation nur durch die freiwillige Meldung zum Dienst in der Royal Navy entgangen.

Seiner Majestät Schiff *Orange* lag am Ausrüstungskai der Königlichen Werft von Sheerness. Die *Orange* war die ehemalige *Rotterdam* der Marine der Batavischen Republik. Kurz vor der anglo-russischen Invasion in Holland war sie von Admiral Mitchells Geschwader kampflos erobert worden. Zu Ehren des Statthalters der Niederlande, der vor den Franzosen ins englische Exil geflohen war, hatte man sie in *Orange* umbenannt.

Ursprünglich mit achtundsechzig Kanonen ausgerüstet, hatte man ihre Bewaffnung dem britischen Standard von vierundsechzig Kanonen angepasst. Sie trug sechsundzwanzig Vierundzwanzigpfünder im unteren Batteriedeck und sechsundzwanzig Achtzehnpfünder im oberen Deck. Dazu kamen noch zehn Neunpfünder auf dem Achterdeck und zwei Neunpfünder auf der Back. Henry vermisste die Karronaden, mit denen bisher alle seine Schiffe ausgerüstet waren, aber er konnte den Magazinverwalter immerhin dazu bewegen, ihm vier Zweiunddreißigpfünder Karronaden von der *Goose* zu überlassen.

Bei einem Schiff der dritten Rate standen ihm auch weitere Marineinfanteristen zu und ein Ersatz für Oberleutnant Burne, der bei Captain Haygarth geblieben war. Dieser Ersatz war für Henry ein alter Bekannter. Hauptmann James de Lacy stammte von Jersey und war mit Henry zur Schule gegangen. Natürlich gab das eine Menge Gesprächsstoff, denn Henry war schon lange nicht mehr auf den Kanalinseln gewesen und er wollte vor allem wissen, wie es seinen Freunden in der Heimat ging. Als Ersatz für den unglücklichen Mr. Banks meldete sich ein Leutnant Harris an Bord, der aufgrund seines Dienstalters die Position des Zweiten Leutnants einnahm. Als Vierter Leutnant wurde Mr. Harper in seiner Position bestätigt.

Nach drei Tagen war die *Orange* einsatzbereit. Sie verholte auf die Reede vor Sheerness und Henry meldete Admiral Graeme, dass er bereit zum Auslaufen war. Der Admiral war sehr zufrieden, denn so war der Zeitplan nicht in Gefahr. Prinzessin Wilhelmine würde an einem genau bekannten Tag in Cuxhaven eintreffen und man wollte ihr keinen Aufenthalt in dem kleinen Hafen zumuten.

Es wurde eine trübselige Überfahrt nach Cuxhaven, nicht nur, weil die Besatzung Weihnachten und den Jahreswechsel auf See feiern musste. Henry wäre viel lieber bei seiner kleinen Juliette gewesen. So lud er nun seine Offiziere zum Weihnachtsdinner in die große Kajüte ein und diese revanchierten sich, indem er an ihrer Silvesterfeier in der Offiziersmesse teilnahm. Ansonsten nutzte Henry die Zeit, die alte Besatzung der *Goose* mit den Neuzugängen zu einer kampfkräftigen Einheit zusammenzuschweißen. Das bedeutete natürlich in erster Linie Geschützexerzieren, wobei Henry das Schießpulver aus der eigenen Tasche bezahlte, denn das Board of Ordnance sah es nicht gern, wenn ein Kommandant damit verschwenderisch umging.

Gewöhnlich hob es immer die Stimmung an Bord, wenn mit den großen Kanonen geschossen wurde, doch diesmal war es nicht der Fall. Offenbar hatte Dexter neue Verbündete gefunden, denn nachts rollten wieder die Kanonenkugeln über die Decks. Eine Kugel erwischte den Niedergang vom oberen zum unteren Batteriedeck, nahm dabei Fahrt auf und krachte gegen eine der Pumpen, die glücklicherweise gerade nicht in Betrieb war, so dass niemand verletzt wurde.

Leutnant Nutton legte sich in der folgenden Nacht auf die Lauer und hatte tatsächlich Glück. Er erwischte einen der Neuzugänge, als dieser gerade eine Kanonenkugel rollen lassen wollte. Sofort packte er den Mann am Kragen und rief nach der Wache. Von zwei Marineinfanteristen eskortiert wurde der Delinquent zu Henry gebracht. „Sir, das ist Wilkes aus meiner Division. Ich habe ihn erwischt, als er eine Vierundzwanzigpfünderkugel rollen lassen wollte", meldete Mr. Nutton.

Henry sah sich den Mann an. Er war fast so groß wie Dexter und ebenso stämmig gebaut. Bei einer Kneipenschlägerei hatte er einen Mann getötet und war dem Galgen nur entronnen, weil seine Grafschaft ihre Quote für die Royal Navy noch nicht erfüllt hatte. Jetzt schaute er Henry herausfordernd an. Henry war zufrieden. Das war genau der Mann, den er brauchte, um ein Exempel statuieren zu können, kein armes Opfer, sondern ein harter Knochen.

„Wilkes, Du kennst die Strafe für Meuterei. Als Du an Bord kamst, hat man Dir die Kriegsartikel vorgelesen", sagte Henry betont streng. „Meuterei?", fragte Wilkes sichtlich überrascht. „Das heißt immer noch Sir", sagte der wachhabende Korporal und versetzte Wilkes einen Knuff mit dem Kolben seiner Muskete. „Meuterei…, Sir?", wiederholte Wilkes entsetzt. „Ja, das Rollen der Kugeln ist eine direkte Aufforderung zur Meuterei", bestätigte Henry, „Dafür lasse ich Dich hängen." „Aber Sir, Sie dürfen mich nicht aufhängen", rief Wilkes mit Angst in der Stimme. Henry nickte und sagte: „Stimmt, Du hast recht, ich darf Dich nicht hängen. Wenn ich es trotzdem befehle, wird mich die Admiralität fragen, ob es denn unbedingt notwendig war. Dann werde ich sagen, dieser Wilkes wollte eine Meuterei anzetteln und uns stand möglicherweise ein Gefecht bevor, da musste ich mit aller Härte durchgreifen." "Aber man wird Sie anklagen, Sir", rief Wilkes. Henry schüttelte den Kopf und erwiderte: "Kein Mensch wird mich anklagen, wenn es um Meuterei geht." "Ich wollte doch gar keine Meuterei anzetteln." Henry hörte die Panik in der Stimme des Mannes. "Was wolltest Du dann?", fragte er. "Nur eine Wette gewinnen, es war nur eine Mutprobe", stammelte er. "Wir werden sehen, wie mutig Du der Katze gegenübertrittst. Das gibt drei Dutzend", antwortete Henry mit eisiger Stimme.

Wilkes wurde abgeführt. Die Zeit bis zur Vollziehung der Bestrafung würde er in der Brig[47] verbringen. Henry brauchte jetzt erst einmal einen kräftigen Schluck. Noch nie hatte er einen seiner Männer zu sechsunddreißig Schlägen verurteilt und er hasste sich im Moment dafür, dass er keine Alternative sah, Ruhe ins Schiff zu bekommen. Jeeves brachte ein großes Glas Rum und sagte: "Sie hatten keine Wahl, Sir." "Ach was, scher Dich zum Teufel! Man hat immer eine Wahl!", brüllte Henry. Noch im selben Moment bereute er seinen Ausbruch. "Tut mir leid, Jeeves", fuhr er deutlich leiser fort.

"Alle Mann an Deck zum Strafvollzug", befahl Henry am nächsten Morgen. "Mit Verlaub, Sir, auch die Freiwache?", fragte Leutnant Bowen. "Ja, ich will jeden einzelnen Mann an Deck sehen", antwortete Henry. Die *Orange* lag beigedreht und holte in der Dünung stark über. Mr. Benson machte ein bedenkliches Gesicht. "Sir, ich glaube,

---

[47] Das Schiffsgefängnis

ein Sturm zieht auf", sagte er. Henry nickte. Der Strafvollzug würde nicht lange dauern.

Die Offiziere traten in ihren besten Uniformen auf dem Achterdeck an. Ein Kordon von Marineinfanteristen schirmte sie mit aufgepflanzten Bajonetten von der übrigen Besatzung ab. Weitere Seesoldaten nahmen entlang der Gangway Aufstellung. So hatten sie die Matrosen in der Kuhl im Blick. Vor der Mannschaft war eine Gräting aufgeriggt worden. Wilkes wurde vom Profos und zwei Marineinfanteristen an Deck gebracht. Die Stunden in der Brig schienen ihm zugesetzt zu haben. Er blickte sich um, suchte offenbar seine Kameraden, die betreten zu Boden sahen.

„Wilkes, Du wurdest bei der Durchführung meuterischer Aktivitäten erwischt. Die Kriegsartikel sehen dafür die Todesstrafe vor, aber ich mache von meinem Recht als Kommandant Gebrauch und wandle die Todesstrafe in drei Dutzend Schläge mit der Neunschwänzigen Katze um", sagte Henry, „Sollten sich weitere Männer an Bord finden, die an Meuterei denken, werde ich nicht mehr so gnädig sein. Mr. Brown, walten Sie ihres Amtes."

„Zum Strafvollzug!", kommandierte der Bootsmann mit lauter Stimme, die selbst die jungen Gentlemen auf dem Achterdeck unwillkürlich Haltung annehmen ließ. Die Offiziere nahmen ihre Hüte ab. „Machen Sie weiter, Mr. Gee", fuhr er etwas leiser fort. Der Bootsmannsmaat holte die Katze aus einem roten Beutel und entwirrte die sechs Striemen. Dann nickte er kurz und ein Trommler der Marines begann einen Trommelwirbel. Die Bestrafung begann. Mr. Gee war ein wahrer Hühne, selbst Henry kam sich in seiner Gegenwart klein vor. Entsprechend hart fielen seine Hiebe aus. Beim ersten Schlag schrie Wilkes kurz auf. Die Heftigkeit des Schlages hatte ihn überrascht.

Von nun an biss er auf die Zähne und ertrug die Hiebe mit einem leichten Aufstöhnen. Die Neunschwänzige Katze verwandelte Wilkes Rücken nach und nach in eine blutige Masse. Henry hätte am liebsten weggeschaut, zwang sich aber dazu, es nicht zu tun. Immerhin hatte er das Strafmaß festgelegt, da war es seine verdammte Schuldigkeit, es auch zu ertragen.

In der zweiten Reihe stand Charlie Starr und sah zu Dexter hinüber, der ein Stück entfernt von ihm der Auspeitschung zusah. Dexters Gesicht war eine einzige Fratze von Wut, mit wild funkelnden Augen sah er immer wieder hoch zum Achterdeck. Als er Charlies Blick auf sich spürte, schaute er ihn mit herausfordernder Miene an und fuhr sich mit dem Daumennagel über den Hals. Charlie zuckte nur mit den Schultern und nickte erst zu Dexter und zur aufgeriggten Gräting mit Wilkes. „Ich hoffe, ich sehe Dich da auch bald!" sollte das heißen.

Nach dem zweiten Dutzend schritt Doktor Reid ein. „Sir, der Mann ist ohnmächtig", erklärte er. Henry nickte verstehend. Andere Kommandanten hätten den Delinquenten mit einem Eimer Wasser wieder zu Bewusstsein bringen lassen. Henry sah es anders. Der Gerechtigkeit war Genüge getan worden. „Strafvollzug beenden", befahl er. Wilkes wurde ins Krankenrevier gebracht und die Besatzung durfte wegtreten. Hoffentlich hatte sie ihre Lektion gelernt.

24

Der kleine Ort Cuxhaven lag an der Elbmündung und gehörte zur alten Hansestadt Hamburg[48]. Hier endete die hannoversche Poststraße, auf der die Post zwischen dem

---

[48] Bis 1937 gehörte Cuxhaven zur Hansestadt Hamburg

Hof in Hannover und dem Hof in London befördert wurde. Das Kurfürstentum Hannover[49] wurde in Personalunion mit Großbritannien von König George III regiert. Das hatte auch Prinzessin Wilhelmine dazu bewogen, mit ihrem Hofstaat auf diesem Weg an die Küste zu reisen. Dabei gaben ihr hannoversche Dragoner das Ehrengeleit.

Das Übersetzen zur *Orange* gestaltete sich schwierig. Für die fast zwanzigköpfige Entourage hatte man einen Leichter[50] hergerichtet, indem man ihn mit einem Sessel für die Statthalterin und einfacheren Sitzmöglichkeiten für die Hofdamen und den Hofmeister ausstattete. Der Rest des Gefolges musste stehen oder sich auf den Boden setzen. Außerdem hatte man für die Statthalterin einen kleinen Baldachin errichtet, um sie vor den Unbilden des Wetters zu schützen. Allerdings war es ein stürmischer Tag und eine Böe zerriss das Dach des Baldachins. Zugleich sorgte der starke Seegang dafür, dass immer wieder Wasser überschwappte, während acht Cuxhavener Seeleute den Leichter zur *Orange* ruderten. Ab und zu spritzte sogar dichte Gischt auf, was die Passagiere ordentlich durchnässte.

Schließlich war die *Orange* erreicht. Die Ruderer brachten Fender aus, damit der Leichter nicht an der Bordwand des Zweideckers zerschellte. Die Passagiere wurden mit dem Bootsmannsstuhl an Deck befördert.

---

[49] Die offizielle Bezeichnung war Kurfürstentum Braunschweig-Lüneburg. Da Braunschweig aber nicht zum Kurfürstentum gehörte, bürgerte sich nach der Hauptstadt die Bezeichnung Kurfürstentum Hannover ein.
[50] Wasserfahrzeug mit flachem Boden zur Entladung von Schiffen, die einen Hafen wegen ihres Tiefgangs nicht anlaufen können.

An Deck hatte eine Ehrenwache der Marineinfanterie Aufstellung genommen. Dahinter standen die Trommler und Pfeifer, die „Hearts of Oak" spielten, während Henry mit seinen Offizieren am Ende der Ehrenwache wartete. Ihre königliche Hoheit, Wilhelmine von Preußen und Erbstatthalterin der Vereinigten Provinzen der Niederlande, wurde als erste an Deck befördert. Es war ein wenig königlicher Anblick, wie Henry bei sich dachte, denn der Wind wehte ihre unzähligen Unterröcke hoch.

Die Prinzessin nahm es mit Humor. Lachend trat sie auf Henry zu und schüttelte seine Hand, noch ehe er seine förmliche Meldung machen konnte. So blieb es bei einem: „Willkommen an Bord, Königliche Hoheit." „Ich bin froh, wieder festen Boden unter den Füßen zu haben", antwortete sie, noch immer lächelnd. Sie war eine Frau Ende der Vierziger, ein wenig korpulent, aber beweglich, wie sich beim Aufstehen aus dem Bootsmannsstuhl gezeigt hatte. Alle anderen, die ihr folgten, hatten da deutlich größere Schwierigkeiten. Der Prinzessin und ihrem Gefolge wurde Henrys Quartier zur Verfügung gestellt. Die männlichen Diener logierten bei der Mannschaft und Henry zog in eine Kammer der Offiziersmesse, die ihn für die Dauer der Rückreise als Gast aufgenommen hatte.

Die *Orange* lichtete den Anker und ging auf Nordkurs. Der stürmische Westwind erlaubte keine direkte Ansteuerung der englischen Küste. Also folgte die *Orange* dem Küstenverlauf nach Norden, vorbei an der Küste von Schleswig und später von Jütland. Zum Glück kannte Henry diese Gewässer wie seine Westentasche. Schon als Kind war er auf den Schiffen seines Vaters hier unterwegs gewesen. Trotzdem blieb eine permanente Unruhe, mit dem für ihn noch neuen Schiff auf Legerwall zu geraten. Aber immerhin konnte Henry feststellen, dass sein Schiff die Wellen erstaunlich ruhig durchpflügte, fast mit der

Gelassenheit eines Dreideckers, und trotzdem ein ausgezeichneter Segler war. Unwillkürlich musste Henry an Lord Nelson denken, der mit der *Agamemnon* auch einen Vierundsechziger kommandiert hatte und noch heute von diesem Schiff schwärmte.

Für die Besatzung waren es harte Tage in eisiger Kälte. Henry achtete streng darauf, dass nur erfahrene Toppgasten in die Takelage geschickt wurden. Aber auch an Deck war es nicht ungefährlich. Immer wieder vereisten die Decksplanken und die Niedergänge. Es kam zu Stürzen, die meist zwar glimpflich verliefen, doch nach einigen Tagen war das Lazarett mit zahlreichen Arm- und Beinbrüchen gefüllt. Die Stimmung an Bord hatte sich offenbar beruhigt. Oder waren die Männer nur zu müde? Henry konnte sich diese Frage nicht beantworten.

Prinzessin Wilhelmine hielt sich erstaunlich gut. Einmal täglich kam sie an Deck und absolvierte in Henrys Begleitung einen Spaziergang auf dem Achterdeck. Henry achtete darauf, dass das Deck sorgfältig vom Eis befreit war, oder zumindest Sand gestreut wurde.

Je weiter die *Orange* nach Norden vordrang, desto stürmischer wurde es. Henry sah keine Chance, einen Schlag nach Westen zu machen. Nur mit einem kleinen Sturmsegel, das man anstelle des Klüvers gesetzt hatte, kämpfte sich die *Orange* ihren Weg nach Norden. Henry verbrachte die ganze Zeit an Deck. Der Master leistete ihm Gesellschaft. Im Notfall hatte man angesichts der nahen Küste keine Zeit, erst an Deck zu kommen. Man musste sofort reagieren.

Ab und zu konnte man an Steuerbord sehen, wie sich die Wellen an Untiefen brachen. Schaudernd stellte Henry sich vor, wie es einem Schiff ergehen mochte, das hier strandete. Wer den Schiffbruch überlebte, würde den

Strandräubern in die Hände fallen. Ob Deutsche, Dänen oder Friesen, das spielte hier keine Rolle, neben der Fischerei war das hier oftmals die einzige Erwerbsquelle.

Charlie Starr brachte ein paar Brote, die dick mit Butter bestrichen waren an Deck, während Jeeves frischen Kaffee kochte. „Hier sind ein paar Happen, Sir, das Brot ist noch ganz frisch", sagte er. Henry und Mr. Benson griffen zu. Das Brot stammte aus Cuxhaven und schmeckte selbst ohne Butter köstlich.

Ein lauter Knall schreckte alle auf. „Das war das Sturmsegel!", rief Mr. Benson. Jetzt galt es, nur keine Zeit zu verlieren. „Ich kümmere mich darum", rief Charlie Starr durch den Sturm und eilte nach vorn. Auf der Back hockten ein paar Männer der Wache hinter den Kanonen und suchten so Schutz vor dem Wetter. „Auf, Männer, wir müssen das Sturmsegel neu anschlagen!", rief Charlie Starr und kämpfte sich auf dem Bugspriet weiter vor. Das Sturmsegel hatte sich fast vollständig losgerissen und flatterte so wild, dass Charlie Starr es nicht zu fassen bekam.

„Das hat so keinen Sinn, wir brauchen ein neues Segel!", schrie er nach hinten. Jemand schob ihm ein Bündel unter dem Arm hindurch. Das war das neue Segel. Charlie Starr schaute nach zurück. Dexter war ihm als einziger gefolgt. Gemeinsam schlugen sie rasch das neue Segel an, nachdem Charlie Starr das alte Segel mit seinem Messer losgeschnitten hatte, so dass es wild flatternd in der Dunkelheit verschwand. Nachdem das neue Segel richtig durchgesetzt war, schlug Henry Dexter auf die Schulter und rief: „Nichts wie weg hier!" Dexter aber drehte sich plötzlich um und versetzte Charlie Starr einen Stoß. Dieser geriet ins Wanken und verlor den Halt. Während er vom Bugspriet rutschte, bekam er gerade noch so ein Tau zu fassen und konnte sich wieder hochziehen. „Du Ratte bist zäh, aber jetzt ist Schluss!", knurrte Dexter ihn an und wollte ihn mit dem Fuß wegstoßen. Doch Charlie Starr verkrallte sich in sein Hosenbein und versuchte, sich daran hochzuziehen. Dexter trat erneut zu, aber Charlie Starr hielt fest. Vor seinem Gesicht sah Charlie Starr ein Tau. Als Dexter wieder zutrat, packte er das Tau und schwang sich weg. Dexters Tritt ging ins Leere und er verlor sein Gleichgewicht. Mit einem Schreckensschrei verschwand er im Wasser.

Charlie Starr hing nun unter dem Bugspriet. Er brauchte mehrere Versuche, bis er es endlich wieder nach oben schaffte. Erschöpft blieb er zunächst auf dem Bugspriet liegen. Dann rappelte er sich auf und ging zurück. „Wo ist Dexter?", fragte jemand auf der Back. Charlie Starr schüttelte nur den Kopf und ging weiter. „Gut gemacht", lobte Henry. Dann sah er den Blick seines Bootssteurers. „Was ist passiert?", fragte er. „Dexter ist über Bord gegangen. Er wollte mich umbringen", antwortete Charlie Starr. Henry war betroffen, jedoch nicht aufgrund der Tatsache, dass Dexter tot war, sondern weil er fast seinen Bootssteurer verloren hätte. Über Dexters Ende fühlte er sogar eine gewisse Erleichterung. Vielleicht kam jetzt endlich Ruhe in die Mannschaft. Henry klopfte seinem Bootssteurer auf die Schulter und sagte: „Ein Glück, dass ´Du uns erhalten geblieben bist, Charlie."

Dann kam die Nordspitze Jütlands in Sicht und Henry fasste den Entschluss, auf der Reede von Skagen Schutz zu suchen. Bei den bestehenden Windverhältnissen war es kein Problem, das Kap zu runden und den kleinen Hafen von Skagen anzulaufen. Im Schutz der Halbinsel war das Wasser ruhig, so dass ein kollektiver Seufzer der Erleichterung durch die Reihen der Mannschaft und der Passagiere ging.

Henry wusste, dass in Skagen ein Hafenkapitän seinen Amtssitz hatte. Annikas Vater war der Vorgänger des jetzigen Amtsinhabers gewesen. Tatsächlich stieß von der kleinen Kaimauer ein Boot ab und hielt auf die *Orange* zu. Der Danebrog am Heck des Boots zeigte an, dass es sich um eine offizielle Mission handelte. Das Boot legte an der *Orange* an und ein Offizier kam an der ausgebrachten Jakobsleiter an Deck. Er salutierte vor Henry, der den Gruß erwiderte und sagte auf Dänisch: „Kapitän Sprogoe, Hafenkapitän von Skagen. Was führt Sie in dänische Gewässer?" Henry hatte in seiner Kindheit einige Brocken Dänisch aufgeschnappt, als er bei den Hanssens in Skagen Zeit verbrachte. Deshalb antwortete er nun auf Dänisch: „Seiner britischen Majestät Schiff *Orange*. Wir sind auf diplomatischer Mission unterwegs und suchen Schutz vor dem Sturm."

Kapitän Sprogoe hatte offenbar keine Antwort in seiner Muttersprache erwartet und war davon entzückt. Er ahnte ja nicht, dass sich Henrys dänischer Wortschatz auf diese kurze Begrüßungsfloskel beschränkte. Glücklicherweise wechselte er dann sogleich in ein recht geläufiges Englisch und er sagte: „Sie sind in diplomatischer Mission unterwegs? Das erklärt den Wimpel des Statthalters der Niederlande an Ihrem Großmast. Kann ich Ihnen behilflich sein?" „Wenn ich frische Lebensmittel für meine Passagiere bekommen könnte. Unsere Überfahrt nach England dauert nun schon länger, als sie erwartet haben und unsere Schiffskost möchte ich ihnen nicht zumuten." „Nun, wir haben Winter, aber etwas Kohl, frischen Fisch und Fleisch kann ich Ihnen liefern lassen", sagte Sprogoe.

Henry lud den Kapitän auf ein Glas Wein in die Offiziersmesse ein. Danach kehrte Kapitän Sprogoe an Land zurück. Wenig später ging ein Boot mit Lebensmitteln an der *Orange* längsseits. Henry stand auf dem Achterdeck und schaute zu, wie die Lebensmittel an Bord genommen wurden. Immer wieder ging sein Blick hinüber zum Land. Dort drüben hatte er Annika vor vielen Jahren kennengelernt und dort waren sie sich vor gut zwei Jahren wieder begegnet. Wie wenig Zeit war ihnen vergönnt gewesen.

„Sie sind in Gedanken, Captain du Valle", sagte Prinzessin Wilhelmine, die an ihn herangetreten war. Henry hatte nicht bemerkt, dass sie das Achterdeck betreten hatte. „Mir scheint, dass dieser Ort eine besondere Bedeutung für Sie hat", fuhr die Prinzessin fort. „Sie sind eine sehr gute Beobachterin, königliche Hoheit", bestätigte Henry. Prinzessin Wilhelmine nickte und antwortete: „Das muss man in meiner Position sein. Man wird viel belogen, von Personen, die von einem profitieren möchten. Da muss man schnell lernen, in den Menschen zu lesen, sonst ist man verloren." Henry wandte sich wieder dem Ufer zu und sagte: „Ja, dieser Ort bedeutet mir sehr viel. Schon als Kind habe ich hier glückliche Tage verlebt und meine spätere Frau kennengelernt. Vor zwei Jahren trafen wir uns hier wieder und wussten, dass wir füreinander bestimmt sind." „Von meinem Hofmeister hörte ich, dass Ihre Frau verstorben ist", sagte die Prinzessin. „Ja, vor fast einem Vierteljahr ist sie bei der Geburt unserer Tochter gestorben", antwortete Henry. Es tat ihm gut, darüber zu sprechen und die Prinzessin war eine überraschend gute Zuhörerin.

Später ließ sich Henry an Land rudern. Er ging zu dem kleinen Friedhof in den Dünen, wo sich Vater Hanssens Grab befand. Nachdem er ein kurzes Gebet gesprochen hatte, sagte er: „Du hast eine Enkelin, Vater Hanssen."

25

In der folgenden Nacht schwoll der Sturm weiter an und Henry war froh, dass er seiner inneren Stimme gefolgt war und mit der *Orange* die Sicherheit von Skagen aufgesucht hatte. Auch am Tage tobte sich der Sturm weiter aus. Am Abend lud Prinzessin Wilhelmine Henry und Kapitän Sprogoe zu einem Essen ein. Kapitän Sprogoe sprach neben Englisch auch Französisch, die Sprache in der sich Prinzessin Wilhelmine aufgrund ihrer höfischen Erziehung am besten ausdrücken konnte. Henry stellte fest, dass sie politisch bestens informiert war. Vor ihrer Vertreibung aus den Niederlanden war sie politisch aktiver als ihr Gatte und hatte sogar ihren königlichen Bruder im Jahr 1787 zu einer Invasion in den Niederladen veranlasst, um die Macht des Statthalters wiederherzustellen. Die Franzosen hasste sie von ganzem Herzen und General Bonaparte, der sich inzwischen zum 1. Konsul von Frankreich aufgeschwungen hatte, sah sie als ernste Bedrohung für ganz Europa.

Henry berichtete von der erfolgreichen Verteidigung Akkons gegen die französischen Truppen unter General Bonaparte, doch auch davon ließ sich die Prinzessin nicht beirren. „Er ist klug und absolut skrupellos, Sie werden noch an mich denken", erklärte sie, „In Paris ist er jetzt der starke Mann. Das Direktorium hat er gestürzt. Er nennt sich Erster Konsul und teilt sich die Macht scheinbar mit zwei anderen Männern, doch das ist nur eine Fassade."

Als Henry gegen Mitternacht Kapitän Sprogoe auf dem Achterdeck verabschiedete, stürmte es noch immer stark. Sprogoe sah jedoch prüfend in den Himmel und sagte: „Der Sturm ist am Ende, morgen früh wird er nur noch ein laues Lüftchen sein."

Der Hafenkapitän sollte Recht behalten. Als Henry am nächsten Morgen an Deck kam, hatte sich der Sturm ausgetobt und nur noch ein moderater Westwind wehte. Zum Abschied ließ sich Henry noch einmal an Land rudern. Kapitän Sprogoe wünschte ihm eine gute Heimreise und fragte beiläufig: „Zwanzig Meilen südlich von hier hat man vor zwei Tagen einen Fremden an Land kommen sehen. Haben Sie eventuell einen Kurier an Land gesetzt?" „Nein, aber wir haben im Sturm einen Mann verloren. Es würde mich freuen, wenn er noch am Leben sein sollte", antwortete Henry und die Lüge mit der Freude ging ihm recht leicht über die Lippen.

Zurück an Bord ließ Henry die Anker lichten und die *Orange* lief in das Skagerrak ein. Zunächst befahl Henry einen südwestlichen Kurs, bis er genug Breite gewonnen hatte, um nach Nordwesten abzudrehen. Bald war Steuerbord voraus die norwegische Küste zu erkennen.

„An Deck! Segel in Sicht in Steuerbord querab", meldete der Ausguck, Henry, der sich soeben an Deck befand, sah sofort nach Steuerbord, konnte aber noch nichts erkennen. Er nahm sich sein Fernrohr und enterte zur Fockbramsaling auf, wo Giorgio ihn bereits erwartete. Giorgio zeigte die Peilung und Henry sah durch sein Fernrohr. Tatsächlich, dort lief ein sehr großer Zweidecker auf Nordwestkurs. Er musste einige Stunden nach der *Orange* Kap Skagen passiert haben. Bei gleichbleibendem Kurs könnten sich die Schiffe in einigen Stunden begegnen. Allerdings stand die *Orange* besser zum Wind und könnte dem fremden Schiff vielleicht sogar davonlaufen.

„Das muss ein Franzose mit achtzig Kanonen sein. Solche Schiffe habe ich bei Aboukir gesehen", erklärte Henry. Giorgio nickte zustimmend und sagte: „Si, französische

Segel." Henry enterte ab und begab sich zurück auf das Achterdeck. Was sollte er tun? Der Franzose hatte zwanzig Kanonen mehr an Bord. Das wäre ein harter Brocken und man brauchte schon sehr viel Glück, so ein mächtiges Schiff zu bezwingen. Außerdem hatte er die Statthalterin der Niederlande an Bord. Im Falle einer Niederlage drohte ihr Gefangenschaft und die Guillotine.

Durch den Ruf des Ausgucks neugierig geworden, kam Prinzessin Wilhelmine an Deck. „Was gibt es, Captain du Valle?", fragte sie. „Ein französisches Kriegsschiff, deutlich stärker als wir, Königliche Hoheit", antwortete Henry. „Aber wir greifen ihn doch trotzdem an!" rief die Prinzessin. Damit war die Entscheidung ja wohl gefallen. „Natürlich, Königliche Hoheit", bestätigte Henry ein wenig resignierend. Nun galt es, einen Plan zu entwickeln. Zunächst sollte der gegnerische Kommandant auf eine falsche Fährte gelockt werden. „Mr. Sykes, hissen Sie die Flagge der Batavischen Republik und das alte Erkennungssignal", befahl Henry, „Mr. Bowen, Klarschiff zum Gefecht."

Sofort entwickelte sich eine hektisch anmutende Aktivität, die aber in Wahrheit vollkommen durchdacht war. Jeder Mann an Bord kannte in diesen Momenten seinen Platz und seine Aufgaben, dank der täglichen Übungen sogar auch die in Sheerness neu an Bord gekommenen Quotenmänner. Die Zwischenwände im Kapitänsquartier und der Offiziersmesse wurden entfernt und die Möbel in tiefer gelegene Decks gebracht. Die Rahen wurden mit Ketten gesichert, damit sie im Falle eines Treffers möglichst nicht auf das Deck fielen. Die Kanonen wurden feuerbereit gemacht und Pulverkartuschen zu ihnen gebracht. Die Marineinfanteristen, sofern sie nicht selbst Kanonen zu bedienen hatten oder als Scharschützen in den Masten saßen, bezogen Wachposten an den

Niedergängen, damit sich niemand in tiefer gelegene Decks in Sicherheit bringen konnte. Nur die Pulveräffchen und Männer, die Verwundete ins Orlopdeck trugen, durften passieren.

Prinzessin Wilhelmine und ihr Gefolge zogen in das Deck unter dem Orlopdeck. Henry hatte dort einen Bereich für sie vorbereiten lassen. Hier waren sie in Sicherheit, ohne die Schrecken des Lazaretts im Orlopdeck erleben zu müssen.

Langsam näherten sich die beiden Schiffe an. Niemand an Bord der *Orange* erkannte das heranstürmende Schiff. Es gehörte eindeutig zur *Tonnant-Klasse*, musste aber ganz neu in Dienst gestellt worden sein. Vielleicht war seine Mannschaft ja noch nicht aufeinander eingespielt, hoffte Henry. Das würde sich bald zeigen.

Der französische Zweidecker näherte sich von Lee, die *Orange* hatte also den Luvvorteil und konnte somit bestimmen, ob und wann sie sich dem Gegner näherte. Zum Glück war der Wind recht schwach, so dass die Kanonen des unteren Batteriedecks auch auf der Leeseite eingesetzt werden konnten.

Das französische Schiff befand sich jetzt in Steuerbord achteraus. Damit es nicht das Kielwasser der *Orange* kreuzen und sie der Länge nach mit ihrer Breitseite bestreichen konnte, ließ Henry die *Orange* ein wenig abfallen. So war das Heck weit weniger exponiert. Zugleich holte der Franzose nun aber schneller auf. Pulverdampf stieg über seiner Back auf und Henry rief geistesgegenwärtig: „Alle Mann, volle Deckung!" Er warf sich auf das Deck und stellte dabei nüchtern fest, dass seine Kriegslist offensichtlich durchschaut worden war.

Zwei Kugeln landeten auf dem Achterdeck und rollten nach Luv, wobei sie die Reling durchbrachen und ins Meer fielen. Dort explodierten sie knapp über der Wasseroberfläche. Einige Granatsplitter bohrten sich in die Bordwand. James de Lacy rappelte sich neben Henry auf und fragte: „Beschießen sie uns mit Mörsern?" Henry schüttelte den Kopf und antwortete: „Nein, diese Geschütze nennen sie Obusier de vaisseau, Schiffshaubitzen. Mit ihnen können sie Explosivgeschosse abfeuern." Dann wandte er sich an den Quartermaster: „Ruder hart Steuerbord!" Inzwischen ließ Mr. Sykes die falsche Flagge einholen und hisste Admiral Graemes blaue Flagge mit dem Union Jack[51].

Mr. Brown hatte den Befehl ebenfalls gehört. Er gab den Männern an den Tauen den Befehl, die Segel entsprechend herumzuholen. Nun kreuzte die *Orange* den Bug des Franzosen und Henry befahl: „Steuerbordbatterie Feuer!"

Laut krachend entluden sich die zweiunddreißig Geschütze der Steuerbordbatterie. Ihre Kugeln schlugen in den Bug des Franzosen ein oder strichen über sein Deck. Eine Explosion auf der Back zeigte Henry, dass eine der Kugeln einen Volltreffer gelandet hatte. Rauch stieg auf, irgendetwas schien dort zu brennen.

Henry befahl eine Halse. Die *Orange* segelte dem Franzosen nun hart am Wind entgegen. Die Männer an den Kanonen arbeiteten fieberhaft, ihre Geschütze wieder zu laden. Trotzdem feuerte der Franzose zuerst. Seine Kanonen zielten hauptsächlich in die Takelage, richteten hier aber kaum Schaden an. Einige Kugeln schlugen jedoch in den Rumpf ein. Zwei Kanonen der oberen Batterie wurden umgestürzt. Die Schmerzensschreie der unter ihnen begrabenen Männern gellten schrill über das

---

[51] Die Farbe der Flagge richtete sich immer nach dem kommandierenden Admiral.

ganze Deck. Ein Mann wurde von einem armgroßen Holzsplitter fast enthauptet und war auf der Stelle tot. Es war ein schrecklich skurriler Anblick, wie sein Kopf nur noch von einer Sehne am Körper gehalten wurde.

Jetzt feuerte die Steuerbordbatterie ein zweites Mal. Die Kugeln schlugen in der Breitseite des Franzosen ein, aber Henry konnte keine konkreten Schäden erkennen. Er konnte nur hoffen, dass zumindest einige Wirkungstreffer dabei waren. Derweil stieg auf der Back des Franzosen neben dem Rauch auch Wasserdampf auf. Man versuchte also, den Brand zu löschen. Henry konnte jetzt auch den Namen des gegnerischen Schiffs erkennen: *Le Consul*.

Henry bedauerte, dass er nun keine Wende nach Steuerbord befehlen konnte. Dafür hätte er viel zu hart an den Wind gehen müssen und sich schlimmstenfalls festgesegelt. Es blieb also nur, nach Backbord abzufallen. Zugleich fiel *Le Consul* nach Steuerbord ab. So liefen beide Schiffe nun auf Parallelkurs, wobei sie zunächst fast zwei Seemeilen voneinander entfernt waren und sich erst langsam wieder annäherten. Schließlich hatte man sich so weit angenähert, dass beide Schiffe fast gleichzeitig ihre Breitseiten abfeuerten.

Auf der *Orange* war es die noch völlig intakte Backbordbreitseite, während *Le Consul* wieder mit ihrer inzwischen arg mitgenommenen Steuerbordbreitseite feuern musste. Entsprechend stotternd fiel ihre Breitseite aus. Trotzdem schlug sie wieder voller Wucht in die *Orange* ein. Diesmal traf es das untere Batteriedeck, wo drei Kanonen umgeworfen wurden. Aber auch die Breitseite der *Orange* zeigte Wirkung. *Le Consul* verlor die Besangaffel und auf der Back geriet das Feuer zusehends außer Kontrolle.

Henry erkannte die Gefahr einer Explosion. „Mr. Benson, wir sollten weiter abfallen, falls der Franzose in die Luft fliegt." „Aye Sir", bestätigte der Master und gab die notwendigen Befehle. Auf *Le Consul* schlugen jetzt die Flammen hoch und erreichten das Fockmarssegel, das sofort wie Zunder brannte. Während die Orange ihren Abstand zu *Le Consul* immer mehr vergrößerte, gab man dort den Kampf gegen die Flammen wohl verloren. Die Mannschaft verließ das Schiff. Einige sprangen in Panik über Bord, andere stiegen in die Boote.

Henry sah einen Lichtblitz und hörte einen gewaltigen Donnerschlag, der heftig in seinen Ohren dröhnte. Als sich der Rauch verzogen hatte, war *Le Consul* verschwunden.

26

Sofort wurden die nachgeschleppten Boote herangeholt und bemannt. Sie sollten den Ort der Explosion nach Überlebenden absuchen. Henry ließ nun auch die *Orange* dieses Gebiet ansteuern. Alles war voller zertrümmerter Holzplanken, Spieren und Mastsegmente. Dazwischen sah man ab und zu verkohlte Leichen treiben. Vereinzelt sah man nur noch Leichenteile, die kaum mehr an menschliche Körper erinnerten. Bald würden die ersten Möwen kommen, um ihren schrecklichen Leichenschmaus zu halten.

Einige Boote der *Le Consul* hatten den Gefahrenbereich rechtzeitig verlassen und waren deshalb unbeschädigt geblieben. Diese kamen nun längsseits und ihre Insassen kletterten an Bord, wo sie entwaffnet und unter Deck eingeschlossen wurden. Unter den Gefangenen war ein junger Leutnant mit schweren Verbrennungen, den Henry sofort zu Dr. Reid tragen ließ.

Während die Boote der *Orange* weiter nach Überlebenden suchten, wurden an Bord der *Orange* die Schäden beseitigt. Die Gang des Zimmermanns und der Stückmeister mit seinen Maaten hatten alle Hände voll zu tun. Henry stieg hinab ins Orlopdeck, wo sich im Gefecht das Lazarett befand. Etliche Männer mit Verbänden lagen oder saßen im Halbdunkel des Decks. Die einzige Lampe hing über den zusammengeschobenen Seekisten der jungen Gentlemen, die Dr. Reid als Operationstisch dienten.

Soeben amputierte er einen Unterarm, während seine Gehilfen den Verwundeten festhielten. Doktor Reid arbeitete schnell und zielstrebig, wie Henry bewundernd feststellte. Ganz offensichtlich war sein oberstes Ziel, seinen Patienten möglichst wenige Schmerzen zu bereiten.

Als er mit dem Verwundeten fertig war, wandte er sich Henry zu. „Wie geht es Ihnen, Captain?", fragte er. „Wieso?", wollte Henry wissen und der Arzt wies auf seinen blutbedeckten Hals. „Oh, ich glaube, das ist nicht von mir", meinte Henry. „Dann kommen Sie, um sich ihre Schlachterrechnung abzuholen", stellte Doktor Reid fest. „Genau Doktor, wie sieht es aus?", fragte Henry. „Ziemlich heftig", erwiderte Doktor Reid, „Wir haben zwölf Tote und bis jetzt zweiundzwanzig Verwundete, von denen drei die kommende Nacht kaum überstehen werden. Der französische Leutnant ist seinen Wunden erlegen. Ich konnte ihm nur etwas Laudanum geben, damit er sanft entschlief." Dann wartete bereits der nächste Verwundete auf Doktor Reid, der nur noch mit etwas Sarkasmus in der Stimme hinzufügte: „Die Herren in der Admiralität werden begeistert sein."

Henry stieg wieder hinauf. Im unteren Batteriedeck meldete ihm Mr. Nutton, dass wieder alle Kanonen einsatzbereit seien. Der junge Leutnant trug den linken

Arm in einer Schlinge. Eine umstürzende Kanone hatte ihn leicht gestreift und dabei den Arm ausgekugelt. Auf dem Achterdeck wurde Henry von der Prinzessin erwartet. „Ich gratuliere Ihnen zum Sieg, Captain du Valle", sagte sie. „Danke, Königliche Hoheit, aber ich glaube, das war ein Glückstreffer oder etwas Ungeschick der Franzosen im Umgang mit ihren Granaten", antwortete Henry. Prinzessin Wilhelmine schüttelte lächelnd den Kopf und erwiderte: „Auf einem Ball in London sagte Lady Wellesley, eine Schwester des Marques Wellesley, einen sehr klugen Satz: Glück hat meistens der Mann, der weiß, wie viel er dem Zufall überlassen darf."

Die Boote kehrten zurück und brachten tatsächlich noch einige Überlebende mit. Insgesamt zweihundert von rund achthundert Männern hatten die Explosion überlebt. Mr. James brachte eine stark angekohlte Trikolore mit sich, die er Prinzessin Wilhelmine mit rotem Kopf überreichte.

Am späten Nachmittag wurden die Toten dem Meer übergeben, nachdem Henry das Totengebet gesprochen hatte. Es war erschütternd, wie Leichnam um Leichnam von der Planke ins Meer rutschte. Niemals zuvor hatte Henry ein Gefecht mit einem dermaßen hohen Blutzoll auf einem von ihm kommandierten Schiff erlebt. Er fühlte sich nicht als Sieger, sondern empfand nur Trauer und eine innere Leere.

Nach der Bestattungszeremonie ging die *Orange* wieder auf ihren alten Kurs. Henry wollte möglichst nah an die britische Küste kommen und dann auf Südkurs gehen. Zunächst zog aber die steile norwegische Küste mit ihren tiefen Fjorden und den tückischen Felsriffen an ihnen vorbei.

Wie Doktor Read vorhergesagt hatte, waren am nächsten Morgen drei weitere Seeleute tot. Die *Orange* drehte bei und ihre Körper wurden der See übergeben. Dann setzte die *Orange* ihre Reise fort. Langsam trat die Küstenlinie immer weiter zurück, bis sie schließlich nur noch schemenhaft hinter der *Orange* zu sehen war. Sobald die errechnete Breite erreicht war, ließ Henry auf Südkurs gehen, bis die Küste von Norfolk in Sicht kam. Schließlich war Great Yarmouth erreicht.

Henry ließ Salut für den Vizeadmiral von Norfolk[52], den 1. Marquess[53] Townsend, schießen. Dieser holte seinen königlichen Gast persönlich mit seiner Yacht ab. Nachdem sich Prinzessin Wilhelmine verabschiedet hatte, wurde ihr Gefolge von einer Barge abgeholt und an Land gebracht. Henry ließ die Segel wieder in den Wind stellen und die *Orange* setzte ihr Fahrt nach Süden fort.

27

Admiral Graeme schickte die *Orange* zunächst in die Werft, um alle Schäden des Gefechts gegen die *Le Consul* zu beseitigen. Die Besatzung wurde für die Dauer der Arbeiten in Baracken untergebracht. Henry hätte gern einige Tage Urlaub gehabt, um seine kleine Tochter zu besuchen, doch der Admiral war der Meinung, dass ein Captain zu seinem Schiff gehörte.

Bereits am nächsten Tag traf eine Einladung von Earl[54] Spencer ein. Der Wunsch des Ersten Lords der

---

[52] Die Vizeadmirale der Küstenregionen waren für die maritimen Belange ihres Amtsbereichs zuständig, u.a. maritime Rechtsprechung, Prisenrecht und Impressment Service.
[53] Titel des britischen Hochadels zwischen Duke und Earl angesiedelt (deutsch Markgraf)
[54] Entspricht dem deutschen Graf

Admiralität[55] war natürlich ein Befehl. Admiral Graeme bestimmte, dass Leutnant Bowen die *Orange* kommissarisch übernehmen und die Arbeiten in der Werft überwachen sollte. Nach dem Frühstück brach Henry in Begleitung eines Stallburschen des Admirals auf. In Canterbury mietete er sich einen Platz in der Kutsche nach London.

Die Kutsche fuhr am Abend los. Sie war die ganze Nacht unterwegs, sah man von den regelmäßigen Pferdewechseln ab. Leider war die Kutsche voll besetzt, so dass von Schlaf keine Rede sein konnte. Trotzdem stellte sich Henry schlafend, um den Fragen der Mitreisenden, die seine Marineuniform sehr wohl registriert hatten, aus dem Wege zu gehen.

In der Nähe von Maidstone machte der Kutscher eine längere Pause. Obwohl es kurz nach Mitternacht war, hatte der Ausschank der Postkutschenstation geöffnet. Henry kaufte sich einen Krug Ale und eine Wildpastete, die überraschend gut schmeckte. Während er aß, gesellten sich seine Mitreisenden an den Tisch und ihr Wortführer, ein Pfarrer, von dem mittlerweile jeder Passagier die komplette Lebensgeschichte kannte und wusste, dass er auf dem Weg zu seiner neuen Pfarrei in Buckinghamshire war, fragte Henry: „Verzeihen Sie, Leutnant, sind Sie auf dem Weg zur Admiralität?" Henry sah ihn leicht genervt an, zwang sich aber doch zu einer höflichen Antwort. „Wenn Sie gestatten, Hochwürden, aber ich bin Captain der Royal Navy und ja, ich bin auf dem Weg zur Admiralität", sagte er. „Aber Sie sind doch viel zu jung!", rief der Pfarrer aus. Henry blieb geduldig und sagte: „Ja, Sie haben Recht, ich hatte das Glück, in recht jungen Jahren zum Captain

---

[55] Soviel wie Marineminister, war jedoch kein Mitglied des Kabinetts.

befördert zu werden, doch das ist nicht ungewöhnlich. Immerhin treten wir ja auch schon sehr jung in die Marine ein."

Die Neugier des Pfarrers war noch nicht gestillt. „Kennen Sie vielleicht auch Lord Nelson?", fragte er. „Ja, ich hatte die Ehre unter seiner Lordschaft zu dienen", antwortete Henry. „Was sagen Sie dann zu diesen skandalösen Gerüchten, die man von ihm hört?", wollte der Pfarrer nun wissen. „Ich maße mir nicht an, den Lebenswandel seiner Lordschaft zu kommentieren, aber vielleicht wissen Sie ja etwas mehr darüber", entgegnete Henry. Der Pfarrer spürte Henrys nur mühsam aufgestaute Wut und zog sich mit den Worten „aber die arme Lady Nelson" zurück.

„Dem haben Sie es aber gegeben, Captain", stellte ein älterer Mann fest, „Gestatten Sie, Thomas Weston, Tuchhändler aus London." „Sehr angenehm, Mr. Weston, ich bin Henry du Valle", stellte sich nun auch Henry vor. „Sie sind Franzose? Ein Royalist?", fragte Weston erstaunt. „Nein Sir, ich stamme aus Guernsey", stellte Henry klar. „Und was führt Sie zur Admiralität? Vermutlich suchen Sie ein neues Kommando", wollte Mr. Weston nun wissen. „Nein, ich bin mit meinem Schiff gerade von der dänischen Küste zurückgekehrt und nun wünscht mich der Erste Lord der Admiralität zu sprechen", antwortete Henry. „Dann habe ich wohl von Ihnen gelesen, Sir. Sie haben mit ihrem kleinen Zweidecker ein französisches Linienschiff zerstört! Gestatten Sie, dass ich Ihre Hand schüttele!", rief Mr. Weston aus und nahm Henrys Hand in einen eisernen Griff, der eher zu einem Schmied als zu einem Tuchhändler gepasst hätte.

Zum Glück für Henrys Hand wurden die Passagiere nun zur Kutsche zurückgerufen. Henry machte es sich wieder in seiner Ecke bequem und stellte sich schlafend. In der

Zwischenzeit hatte Mr. Weston die entsprechende Zeitung in seiner Reisetasche gefunden und zeigte sie triumphierend herum. In der Dunkelheit konnte man die Zeitung zwar nicht lesen, aber im Schein eines Feuerzeugs war das entsprechende Bild, das der Phantasie eines Zeichners entsprungen war, gut zu erkennen. Es stellte den Moment dar, als die *Le Consul* in einem Lichtblitz explodierte.

Beim nächsten Stopp der Kutsche wurde Henry von den anderen Passagieren umlagert und musste ihnen von seinem Gefecht berichten. Er tat es ungern, denn dabei kamen die schrecklichen Bilder der Toten und Verwundeten der *Orange,* aber auch der *Le Consul* wieder zurück.

Kurz nach Sonnenaufgang erreichte die Kutsche London. Trotz der frühen Stunde waren die Straßen voller Menschen, Tiere und Fuhrwerke. Henry mietete ein Boot und ließ sich aufs andere Themseufer übersetzen. Das Boot landete in der Nähe von Whitehall Gardens. Von dort war es nur ein kurzer Weg zur Admiralität. Henry betrat das Gebäude durch den großen Säulenhof.

„Sie wünschen, Sir?", fragte ein Schreiber am Eingang ein wenig herablassend. Henry mochte zwar Captain sein, doch die einzelne Epaulette auf seiner rechten Schulter wies ihn für den Schreiber als jungen Dachs aus, dem man nicht mehr Achtung als unbedingt notwendig entgegenbrachte. „Captain du Valle für seine Lordschaft Earl Spencer", antwortete Henry. „Seine Lordschaft sind noch nicht im Haus", sagte der Schreiber, blätterte aber vorsichtshalber durch sein Buch. „Captain Henry du Valle?", fragte er schließlich. „Ja, der bin ich", bestätigte Henry. „Oh, hier ist notiert, dass Sie seine Lordschaft unverzüglich zu empfangen wünschen", stellte der Schreiber nicht wenig überrascht fest.

Er läutete eine kleine Glocke und ein Hausdiener erschien. „Williams bringt Sie zu seiner Lordschaft, Sir", sagte der Schreiber. Williams verbeugte sich kurz und sagte: „Bitte folgen Sie mir Sir." Dann ging er mit Henry durch die langen Flure der Admiralität, bis sie einen Übergang zu einem Nebengebäude erreichten, wo ein Marineinfanterist auf Posten stand. „Besuch für seine Lordschaft", sagte Williams und sie konnten passieren. Sie erreichten nun das Admiralitäts-Haus, die Residenz des Ersten Lords.

In einem Empfangsraum erwartete sie Earl Spencers Butler. „Wen darf ich melden, Sir?", fragte er. „Captain Henry du Valle von seiner Majestät Schiff *Orange*", antwortete Henry. Der Butler ging und kam kurz darauf zurück. „Seine Lordschaft erwartet Sie im Frühstückszimmer. Bitte folgen Sie mir, Sir", sagte er.

Earl Spencer saß in einem hellen Raum mit einem großen Tisch, der mit allen erdenklichen Köstlichkeiten gedeckt war. Henry wollte Meldung machen, doch der Earl winkte ab. „Haben Sie schon gefrühstückt, Captain du Valle? Nein? Dann leisten Sie mir doch bitte Gesellschaft", sagte er.

Der Butler erschien mit einem weiteren Gedeck und Henry setzte sich. Jetzt merkte er, dass er wirklich Hunger hatte. Die beiden Männer aßen zunächst schweigend. Als sie schließlich nur noch ihren Kaffee tranken, sagte Earl Spencer: „Ich freue mich, dass Sie den Weg nach London so schnell gefunden haben. Wie ich hörte, kommen Sie ja direkt aus Sheerness. Bestimmt hat man Sie inzwischen schon oft danach gefragt, denn Ihre Gefechte sind noch immer das Tagesgespräch in London, würden Sie sie mir bitte noch einmal schildern?" Natürlich konnte sich Henry dieser Bitte nicht verweigern. Also stellte er die Situationen mit Eierbechern und Salzstreuern noch einmal nach und schilderte die Gefechte in allen Einzelheiten.

Der Erste Lord der Admiralität war ein Politiker und kein Seemann. Nur ganz selten in der Geschichte wurde das Amt von einem echten Seemann bekleidet. Doch Earl Spencer war nun schon seit vielen Jahren im Amt und hatte sich dabei doch einige Kenntnisse angeeignet. Deshalb verstand er Henrys Schilderung auf Anhieb und stellte Zwischenfragen, die schon eine gewisse Sachkenntnis verrieten. Schließlich war Henry fertig und Earl Spencer sagte: „Das waren schon bemerkenswerte Taten, mein lieber du Valle. Kein Wunder, dass sich die Presse mit ihren Schlagzeilen gegenseitig zu übertrumpfen sucht. Ich muss aber auch gestehen, dass Ihre Heldentat genau zur richtigen Zeit kommt. Die Invasion in Holland war ein Fehlschlag, obwohl wir der Batavischen Republik fast ihre ganze Marine weggenommen haben, doch die Verluste an Soldaten waren einfach zu hoch. Das hat zu einem gewissen Unmut in der Öffentlichkeit geführt, bis die Nachricht von Ihrem Gefecht gegen die *La Pyramide* eintraf. Die Vernichtung der *Le Consul* setzte dem Ganzen dann die Krone auf, zumal die Erbstatthalterin ja nicht müde wird, Ihren Heldenmut in höchsten Tönen zu loben."

Henry war sichtlich verlegen. „Eigentlich habe ich doch nur meine Pflicht getan und die Befehle befolgt, die man mir gegeben hat", sagte er. Earl Spencer nickte zustimmend und sagte: „Damit haben Sie völlig Recht, viele Offiziere der Royal Navy handeln wie Sie. Wie aber letztendlich eine Tat beurteilt wird, ist auch eine Frage des richtigen Augenblicks und bei Ihnen war er sogar goldrichtig."

So langsam fragte sich Henry, worauf es hier und heute noch hinauslaufen würde. Doch dann sagte Earl Spencer am Ende seiner Ausführungen: „Übrigens haben wir gleich eine Audienz beim Herzog von Clarence. Er hat den Wunsch geäußert, Sie persönlich kennenzulernen." Henry sollte also als Vorzeigekapitän der Regierung und des Königshauses dienen.

28

Prinz William Henry, der Herzog von Clarence und St. Andrews[56] residierte wie sein Vater, König Georg III, im St. James Palace, wobei letzterer lieber im Buckingham Palace wohnte und den St. James Palace nur für offizielle Anlässe nutzte. Henry wusste, dass der Herzog in jungen Jahren in der Royal Navy gedient und es im regulären Dienst bis zum Captain gebracht hatte. Inzwischen war er außerhalb der Seniorität zum Admiral befördert worden. In Steels Navy List wurde er als Vizeadmiral der blauen Flagge geführt.

Trotzdem war Henry überrascht, dass sie der Herzog in der vollen Uniform eines Vizeadmirals empfing, denn eigentlich hieß es, dass er sich aus dem aktiven Dienst zurückgezogen hatte. Aber vielleicht wollte er auf diese Art nur seine Gäste von der Royal Navy ehren. Prinz William Henry war für seine lockeren Umgangsformen bekannt. Er war unter Seeleuten aufgewachsen und sprach ihre Sprache, wofür ihn die einfachen Leute liebten und die feine Gesellschaft fürchtete.

Henry begrüßte er überaus herzlich. „Ich höre, Sie haben unter Nelson gedient", sagte er zu Henry, „womit wir

---

[56] Der spätere König William IV, auch der Sailor King genannt

einen gemeinsamen Bekannten haben, denn ich kenne ihn aus meiner Zeit in der Karibik." Auch ihm musste Henry von seinem Gefecht gegen die *Le Consul* berichten und auch das Gefecht gegen die *La Pyramide* war ihm bekannt. Es wurde ein Gespräch unter Seeleuten. Henry merkte, wie sehr der Herzog die See liebte und den Dienst auf See vermisste. In Henrys Augen entschuldigte das auch die eine oder andere Eskapade an Land. Seeleute waren nun einmal im Dienst ohne Ansehen ihres Ranges einer strengen Disziplin unterworfen, die an Land nicht mehr galt. Es war schwer, dann das rechte Maß zu behalten.

Nach der Schilderung des Gefechts fragte ihn der Herzog nach Lord Nelson. „Wo sind Sie ihm begegnet?", wollte er wissen. „Das erste Mal traf ich ihn vor Sardinien, als seine *Vanguard* im Sturm in Seenot geriet. Später suchte ich in seinem Auftrag nach der französischen Flotte und fand sie auch bei Aboukir. An der Schlacht selbst habe ich dann nur am Rande teilgenommen." „Dann gehören Sie also zu seinem berühmten Bruderbund!", rief Prinz William Henry aus. „Ja, ich habe die Ehre einer von ihnen zu sein", bestätigte Henry nicht ohne Stolz.

Nach der Audienz beim Herzog durfte sich Henry zunächst von Earl Spencer verabschieden. „Ganz fertig sind wir aber noch nicht", betonte dieser, „denn heute Abend gibt die East India Company wegen der Rückeroberung der *Lord Hershey* noch einen Empfang zu Ihren Ehren." Henry stutzte ein wenig, was Earl Spencer zu der Bemerkung veranlasste: „Keine Angst, die *Lord Hershey* wurde als reguläre Prise eingestuft, aber der Ehrenwerten Gesellschaft ist das Zeichen wichtig, das Sie mit ihrer Rückeroberung gesetzt haben."

Henry hatte nun Zeit, sich um seine privaten Angelegenheiten zu kümmern. Sein Gepäck war von der

Postkutsche in ein kleines Gasthaus in der Nähe des ehemaligen Savoy Hospitals geschafft worden. Es nannte sich The Grapes und wurde von einer alleinstehenden, sehr resoluten Wirtin geführt. Admiral Lutwidge hatte Henry diese Unterkunft empfohlen, weil sie ein wenig abseits des städtischen Trubels lag, an den sich Henry einfach nicht gewöhnen konnte.

Henry nutzte die Zeit für einen Besuch bei seinem Prisenagenten und veranlasste Überweisungen auf seine Konten bei verschiedenen Bankhäusern. Er hatte von seinem Vater gelernt, niemals alles Geld auf ein Pferd zu setzen. Das Prisengeld für die *Lord Hershey* war noch nicht vollständig ausgezahlt worden, weil die kostbare Ladung erst noch versteigert werden musste. Der Prisenagent war jedoch bester Dinge, denn die Versteigerung sollte im Auktionssaal der East India Company erfolgen. So war auf jeden Fall ein regulärer Ablauf gesichert. „Warum will die East India Company die Versteigerung durchführen?", fragte Henry. „So bleibt ihr Handelsprivileg unangetastet und die Company verdient noch ein wenig an der Provision", erklärte der Prisenagent.

Der abendliche Empfang fand im East India House statt. Neben dem Earl Spencer war Henry der Ehrengast des Abends und musste einige, zum Teil sehr lange, Reden über sich ergehen lassen. Dazu gab es ausgezeichnete Weine und ein exquisites Essen. Ohne die Reden hätte Henry den Abend durchaus genießen können. Einige der anwesenden Vertreter der East India Company kannten Henrys Vater aufgrund ihrer privaten Handelsgeschäfte im Ostseeraum und erwiesen sich als kompetente Gesprächspartner.

Henry sprach dem Wein sehr zu, so dass er sich letztendlich dazu ermutigt fühlte, selbst eine kurze Rede zu halten. Offenbar fand er dabei genau die richtigen Worte, denn Earl Spencer wirkte ausgesprochen zufrieden. Höhepunkt des Abends war die Überreichung eines diamantbesetzten Prunksäbels in Anerkennung von Henrys Diensten für die Krone und natürlich auch die East India Companie. Am Ende des Abends ließ sich Henry von einer Mietdroschke in sein Gasthaus fahren und fiel dort halbtot ins Bett.

Am nächsten Morgen wurde Henry durch lautes Klopfen an seiner Tür geweckt. Ein Sergeant der Marineinfanterie überbrachte Befehle der Admiralität. Henry sollte sich 12:00 Uhr in Galauniform bei Konteradmiral Gambier, dem First Naval Lord[57], einfinden. Henry warf einen Blick auf die Uhr und stellte fest, dass ihm noch Zeit für ein ausführliches Frühstück blieb. Dann rief er nach einem Diener, der ihm beim Ankleiden helfen musste. Die Hilfe bestand hauptsächlich darin, Sachen zu bügeln und vom Staub der Landstraße zu befreien, denn so richtig dicht war Henrys Seekiste nicht.

Damit seine Stiefel sauber blieben, ließ sich Henry die kurze Wegstrecke zur Admiralität fahren. Er zeigte beim Pförtner die Einladung von Admiral Gambier und wurde zu seinen Diensträumen geleitet. Diesmal war der Pförtner ausgesprochen freundlich.

Konteradmiral der blauen Flagge James Gambier war ein Mann Mitte der Vierziger, wirkte durch seinen sauertöpfischen Gesichtsausdruck deutlich älter. In der Marine war er als gläubiger Christ bekannt. Angeblich bevorzugte er Offiziere, die sich wie er offen zum Christentum bekannten. Zu Henrys Begrüßung rang er

---

[57] Der ranghöchste Marineoffizier in der Admiralität, unabhängig von seinem Dienstgrad.

sich ein Lächeln ab. „Da sind Sie ja, Captain du Valle, und wie ich sehe, sind Sie sogar pünktlich, eine Eigenschaft, die vielen Offizieren an Land abzugehen scheint, als wären sie auch hier von Wind und Strömungen abhängig", sagte er. „Mylord", antwortete Henry, denn immerhin war der Admiral von Amtswegen ein Lord.

„Ich habe Sie zu mir gebeten, weil seine Majestät in seiner unendlichen Güte beschlossen hat, Sir Thomas Troubridge und Ihnen die Goldmedaille für die Schlacht bei Aboukir zu verleihen, obwohl Sie ja eigentlich nicht an der Schlacht beteiligt waren. Offenbar haben sich neben Lord Nelson noch weitere hochgestellte Persönlichkeiten für Sie eingesetzt", erklärte Admiral Gambier. „Danke Mylord, Captain Troubridge ist jetzt Sir Thomas Troubridge?", fragte Henry. „Ja, neben der Goldmedaille erhielt er noch eine Baronetage", bestätigte der Admiral nicht ohne einen Anflug von Neid in der Stimme. Dann öffnete er eine kleine Schachtel, entnahm ihr die Goldmedaille und trat auf Henry zu, um sie ihm ans Revers zu heften.

„Nun aber zu Ihnen, Captain du Valle", fuhr er fort, „Seine Majestät wünscht, Sie kennenzulernen, da die Erbstatthalterin, deren Gatte immerhin sein Cousin ist, Sie über den grünen Klee gelobt hat, als wäre es ein Wunder, wenn im Duell zweier Schiffe der dritten Rate das britische Schiff obsiegt. Sie begleiten mich also in den St. James Palace." Henry wusste gar nicht, wie ihm geschah. Der König wollte ihn sehen? Er suchte nach einer Antwort aber Admiral Gambier hatte sich schon von ihm abgewandt, um heftig an der Klingelschnur zu ziehen. Dem eintretenden Diener befahl er kurz und knapp: „Meine Kutsche." Wenig später wurde gemeldet, dass die Kutsche bereitstand. Der Admiral begab sich mit Henry zu einem Seiteneingang, wo die Kutsche wartete. Sie stiegen ein und fuhren zum St. James Palace, vor dem bereits eine lange Schlange von Kutschen wartete.

„Heute ist große Audienz bei seiner Majestät", erklärte Admiral Gambier. Es dauerte fast eine halbe Stunde, bis ihre Kutsche an der Reihe war. Ein livrierter Diener riss die Tür auf und verbeugte sich. Der Admiral stieg, gefolgt von Henry aus der Kutsche. Sie folgten der Schlange bis an die Tür des großen Empfangssaals, wo ein Hofmeister nach ihren Namen fragte, was im Falle des Admirals nur eine Formsache war, denn er war hier natürlich bekannt. „Admiral Gambier und Captain du Valle, Royal Navy", verkündete der Hofmeister laut, während die Beiden den Saal betraten.

Seine Majestät König George III von Großbritannien und Irland, Kurfürst von Braunschweig-Lüneburg, saß auf einem Thron, der auf einem flachen Podest stand. Er trug einen blauen Rock, der mit dem Stern des Hosenbandordens verziert war. Henry erkannte sofort die Ähnlichkeit zu seinem Sohn, dem Herzog von Clarence. Neben ihm standen einige seiner Berater und Diener, während vor ihm etliche Personen im Halbkreis standen. Bei einigen handelte es sich um Hofschranzen, die von ihrem König gesehen werden wollten, andere hatten ihre Audienz bereits hinter sich und stillten nun ihre Neugier, um später davon berichten zu können, was sich bei Hofe ereignete.

„Da sind Sie ja, Admiral Gambier", sagte der König, „und wie ich sehe, bringen Sie uns den jungen Captain du Valle, von dem unsere königliche Cousine nur in den höchsten Tönen spricht." „Jawohl, Eure Majestät, das ist Captain Henry du Valle von Eurer Majestät Schiff *Orange*", antwortete Admiral Gambier mit einer Verneigung. „Wie ich hörte, haben Sie mit Ihrem kleinen Zweidecker ein französisches Achtzig-Kanonen-Schiff vernichtet. Erzählen Sie mir mehr darüber", befahl George III. „Fassen Sie sich kurz", flüsterte Admiral Gambier Henry zu. Dieser verbeugte sich und trat einen Schritt vor. Dann schilderte er das Gefecht in möglichst kurzen Worten, sparte dabei aber auch nicht die Schrecken des Gefechts aus. Der König war sichtlich beeindruckt und klatschte begeistert in die Hände, als Henry abschließend die Explosion der *Le Consul* schilderte.

„Bravo, Captain du Valle!", rief er begeistert aus. Dann wandte er sich an Admiral Gambier: „Admiral, wir sind sehr zufrieden mit unserer Flotte. Richten Sie das bitte auch Earl Spencer aus." Admiral Gambier murmelte einige Dankesworte und verneigte sich. Inzwischen brachten zwei Diener einen rotbezogenen Hocker mit goldenem Handgriff und ein rotes Samtkissen, auf dem der Degen des Königs lag.

„Nun, Captain du Valle, knien Sie nieder", befahl der König. Henry wusste kaum, wie ihm geschah. Admiral Gambier musste ihm einen leichten Knuff in Richtung des Hockers geben. Henry fasste den Handgriff und kniete sich mit dem rechten Bein auf den Hocker. Er spürte, wie seine Schultern von der Degenspitze berührt wurden. Dann sagte der König: „Erhebt Euch, Sir Henry."

Die Audienz war beendet. Henry fühlte sich noch immer wie betäubt. Admiral Gambier zog ihn am Ärmel mit sich und zischte ihm zu: „Nun nehmen Sie sich mal zusammen, junger Mann." Draußen erklärte der Admiral: „Sie haben unverschämtes Glück, Captain, denn normalerweise lehnt die Regierung solche Ehrungen ab, wenn sie, wie in Ihrem Fall, vom Herzog von Clarence vorgeschlagen werden. Allerdings hatten Sie in der Erbstatthalterin eine starke Fürsprecherin, die man aus diplomatischen Gründen zufriedenstellen musste, denn sowohl das Königreich Preußen, als auch die Anhänger des Hauses Oranien werden im Kampf gegen diesen Ersten Konsul Bonaparte noch dringend gebraucht."

29

Auch wenn Admiral Gambier Henrys Ritterschlag innerlich missbilligte, so war ihm doch nichts wichtiger, als der gute Ruf der Royal Navy. Deshalb gab er Henry den Rat, sowohl beim Herzog von Clarence als auch bei Prinzessin Wilhelmine vorzusprechen, und sich für ihre Fürsprache zu bedanken.

Glücklicherweise hatte sich Henry entschieden, zuerst die Erbstatthalterin aufzusuchen. Hier wurde er überaus freundlich empfangen. Prinzessin Wilhelmine gratulierte ihm und lud ihn zum Lunch ein. Dabei versuchte sie augenzwinkernd, ihn mit einer hübschen stupsnäsigen Holländerin zu verkuppeln. Auch der Herzog von Clarence empfing ihn wie einen alten Freund und lud ihn zum Dinner ein, das in einem wüsten Besäufnis endete. Als Henry am nächsten Morgen in seinem Bett im Grapes erwachte, wusste er beim besten Willen nicht, wie er dahin gekommen war.

Wenn Henry gehofft hatte, sich nun einen kurzen Urlaub auf Knights Manor gönnen zu dürfen, so sah er sich ein weiteres Mal getäuscht. Noch während er frühstückte, erhielt er eine erneute Einladung von Earl Spencer. Offenbar hatte der Erste Lord der Admiralität noch weitere Pläne mit ihm.

Diesmal empfing ihn Earl Spencer in seinem Arbeitszimmer. Nach einer herzlichen Gratulation zum Ritterschlag zeigte er Henry eine Karte der Ostsee. „Nun,

Sir Henry, ich denke, hier kennen Sie sich aus", sagte er, „Der Ostseeraum entwickelt sich zu unserem neuesten Sorgenkind, denn die Russen streben offenbar eine Erneuerung der bewaffneten Neutralität aus der Zeit unseres Krieges gegen die nordamerikanischen Kolonien an[58]. Das bedeutet, sie fordern freien und unkontrollierten Handel mit unseren Kriegsgegnern, was wir natürlich auf keinen Fall hinnehmen werden. Allerdings bitte ich darum, diese Information vertraulich zu behandeln, denn offiziell hat sich Russland lediglich aus der Koalition zurückgezogen. Unsere Quellen am russischen Zarenhof sprechen jedoch von diskreten Kontakten zu Dänemark, Schweden und Preußen, die keinen anderen Schluss zulassen." „Rechnen Sie mit Krieg, Mylord?", fragte Henry. „Momentan tun unsere Diplomaten alles dafür, dass es nicht so weit kommt. Immerhin können Russland, Dänemark und Schweden mehr als einhundert Linienschiffe in die Waagschale werfen. Das könnte uns zwingen, die Blockade der französischen Häfen aufzugeben und Konsul Bonaparte hätte praktisch auch zur See die Initiative. Ihnen muss ich ja nicht erklären, welche enorme Bedeutung die Ostsee für unseren Schiffbau und den Handel hat."

„Ich verstehe, Mylord, welche Aufgabe haben Sie mir in diesem Zusammenhang zugedacht?", wollte Henry wissen. „Wir möchten uns Ihre Kenntnisse des Ostseeraums und speziell der dänischen Gewässer zunutze machen. Offiziell werden Sie den ersten Frühjahrskonvoi durch den Sund begleiten. Mit Ihnen fährt die Fregatte *Valletta*, deren

---

[58] 1780 – 1783 bestand ein von Katharina der Großen geschaffenes Bündnis Russlands mit Dänemark, Schweden, Portugal und Preußen gegen die britische Blockade Frankreichs und Spaniens.

Aufgabe es ist, einen Gesandten nach Kopenhagen zu bringen. Wir möchten nicht, dass es irgendwelche Vorfälle mit dem Schiff des Gesandten gibt. Im Fall der Fälle sind Sie eher der Geleitschutz für die *Valletta*, als für den restlichen Konvoi", antwortete der Erste Lord der Admiralität. „Würde das nicht gewaltigen Ärger geben, wenn ich den Konvoi seinem Schicksal überlasse?", fragte Henry nach. „Die *Orange* wird nicht das einzige Schiff sein, das den Konvoi begleitet", erklärte Earl Spencer, „Sobald die *Valletta* Kopenhagen sicher erreicht hat, handeln Sie nach eigenem Ermessen. Lernen Sie die Gewässer um Kopenhagen und die Zufahrten noch besser kennen, als Sie es jetzt bereits tun."

Nach dem Gespräch mit Earl Spencer kehrte Henry ins Grapes zurück, um seine Sachen zu packen. Er reservierte sich einen Platz für die Nachtkutsche nach Canterbury. Die Fahrt verlief ereignislos. In Canterbury nahm sich Henry eine Mietkutsche, die ihn nach Sheerness brachte, wo er sich bei Admiral Graeme meldete.

Dem Admiral war Henrys neuer Befehl bereits bekannt. Da sich der Ostseekonvoi auf Downs Reede sammeln würde, wies er Henry an, mit der *Orange* nach Deal zu segeln und sich bei Admiral Lutwidge zu melden. Kein Befehl konnte Henry lieber sein, als dieser. Die Arbeiten an der *Orange* waren abgeschlossen und sie lag in der Nähe des Flaggschiffs vor Anker.

Da die *Orange* seeklar war, ließ Henry dem Admiral die Bitte signalisieren, aus dem Geschwader auszuscheiden, was prompt bestätigt wurde. Dann wurde der Anker gelichtet und die *Orange* stach unter Mars- und Bramsegeln in See.

Nach den Tagen in der Großstadt London war Henry froh, sich wieder den Seewind um die Nase wehen lassen zu können. Zugleich freute er sich auf seine kleine Juliette. Es war jetzt Ende Januar. Der Konvoi würde sich nicht vor März sammeln und frühestens Ende März aufbrechen. Henry blieb also ein Monat, in dem er Skeffington Lutwidge um Urlaub bitten konnte, vorausgesetzt, es gab keine andere Aufgabe, die ihn in Deal erwartete.

Nach zwei Tagen kam die Downs Reede in Sicht. Die Lutwidges bereiteten Henry einen herzlichen Empfang und gratulierten ihm zu seinem Titel. Catherine schwärmte von der kleinen Juliette, die sie mehrmals im Monat in Knights Manor besuchte. Henry fand, die Gelegenheit war günstig, Admiral Lutwidge um Urlaub anzugehen, doch dieser musste ihn enttäuschen. „Es tut mir leid, Henry, aber Du hast doch selbst gesehen, wie leer die Reede ist. Nicht einmal mein Flaggschiff ist noch hier, nur ein Kutter und zwei Schoner sind mir geblieben. Alle anderen Schiffe eskortieren Truppentransporter ins Mittelmeer. Die Garnison von Port Mahon und die Truppen auf Malta werden massiv verstärkt. In dieser Lage kann ich nicht auf die *Orange* verzichten. Ich brauche Dich, Henry", erklärte er.

Schweren Herzens musste Henry einsehen, dass der Dienst vorging. Bereits am nächsten Morgen lichtete die *Orange* den Anker, um entlang der französischen Kanalküste zu patrouillieren. Henry sollte feststellen, welche Fortschritte der Kriegsschiffbau in den großen Häfen machte. Henry brauchte anderthalb Wochen, um alle Häfen zwischen Cherbourg, dessen Hafen sich beachtlich entwickelt hatte, über Boulogne sur Mer und Calais zu erkunden. Dann nahm die *Orange* wieder Kurs auf Deal.

Die Reede von Deal hatte sich in der Zwischenzeit wieder gut gefüllt. Admiral Lutwidge hatte nun ein Einsehen. Er gewährte Henry den ersehnten Landurlaub. Die *Orange* würde in der Zwischenzeit vor Walmer Castle liegen und ihre Vorräten auffrischen.

Henry verlor keine Zeit. Er übergab das Kommando an Leutnant Bowen und sattelte sein Pferd, das inzwischen ständig im Stall der Lutwidges stand. Dann ritt er im Galopp in Richtung Knights Manor. Jeeves und Charlie Starr würden mit dem Gepäck folgen.

Es war bereits dunkel, als Henry das Herrenhaus erreichte. Frank Rooney hatte gehört, wie das Pferd über die kleine Brücke trabte und stand bereits vor der Tür, um seinen Herren zu empfangen. Toby kam vom Stall gelaufen und kümmerte sich um das Pferd. Bei der noch immer herrschenden Kälte musste es rasch trockengerieben werden.

Als Henry das Haus betrat, kam Mutter Hanssen die Treppe heruntergelaufen. „Schön, dass Du da bist, Junge", sagte sie und umarmte ihren Schwiegersohn. „Juliette hat gerade getrunken und wird gleich schlafen, aber Du kommst gerade rechtzeitig, sie noch zu sehen", fuhr Mutter Hanssen fort. Henry stürmte die Treppe hinauf und betrat Juliettes Zimmer. Die Amme hielt Juliette im Arm. Das kleine Würmchen machte einen satten und zufriedenen Eindruck. „Mein Gott, bist Du gewachsen", murmelte Henry andächtig und streichelte zärtlich ihre Wange. „Sir Henry, Ihre Tochter muss jetzt schlafen", bestimmte die Amme und Henry zog sich widerstrebend zurück.

Henry hatte nur eine Woche Urlaub. Das Grabmal war inzwischen fertig und Annika wurde in einen Marmorsarkophag umgebettet. Später würde er noch von einem marmornen Abbild Annikas gekrönt werden. Die

Inschrift hatte Henry noch ändern lassen, denn Annika sollte Anteil an seinem neuen Titel haben. Nun lautete sie:

Hier ruht in Gott, Lady Annika du Valle, geliebte Mutter und Ehefrau

30

Der Ostseekonvoi brach in der letzten Märzwoche auf. Es dauerte bis zum Abend, ehe alle Schiffe Downs Reede verlassen und ihre Position im Konvoi halbwegs eingenommen hatten. Neben *Orange* und *Valletta* begleitete noch die *Champion* mit vierundzwanzig Kanonen den Konvoi. Kommandiert wurde sie von Captain Graham Hamond. Der Kommandant der *Valletta* war für Henry ein alter Bekannter. Captain Edward Moore war der ehemalige Kommandant des Kutters *Marten*, mit dem Henry vor einigen Jahren eine recht ereignisreiche Überfahrt von Portsmouth nach Guernsey erlebt hatte[59]. Rangältester Kommandant[60] war Captain Hamond, der seine Beförderung bereits ein Jahr vor Henry und Captain Moore erhalten hatte. Er würde den Konvoi weiter in die Ostsee führen, wenn ihn *Valletta* und *Orange* verlassen hatten.

Bereits am zweiten Tag geriet der Konvoi in einen Sturm. Captain Hamond ließ ihn weiter auseinanderziehen, um Kollisionen zu vermeiden. Die Geleitschiffe bildeten ein großes Dreieck, in dem sich die fünfzig Schiffe des Konvois befanden. So konnten sie ihre Schutzbefohlenen noch halbwegs decken, falls sich ein frecher Freibeuter dem Konvoi nähern sollte. Die *Champion* übernahm die

---

[59] Siehe Band 1 – Korsaren und Spione
[60] Der Rang eines Captain richtete sich nach dem Datum seiner Beförderung

Führung und die beiden anderen Schiffe deckten die Flanken, wobei Henry mit seiner *Orange* an Steuerbord segelte, da von der holländischen Küste die größte Bedrohung auszugehen schien.

Einmal mehr bewährte sich die *Orange* als ein Schiff, das jeden Sturm ganz in Ruhe abwettern konnte. Die Niederländer verstanden schon etwas vom Schiffbau, dachte sich Henry. Trotzdem beneidete Henry seinen alten Freund Edward Moore um die *Valletta* mit ihren französischen Linien, die Henry an eine vergrößerte Version seiner geliebten *Mermaid* erinnerte.

Der Konvoi kam trotz Rückenwind nur sehr langsam voran, da die Handelsschiffskapitäne fast alle Segel weggenommen hatten und sich ihre Schiffe gerade noch steuern ließen. Captain Hamond signalisierte immer wieder „mehr Segel setzen" und unterstrich diesen Befehl mit Kanonenschüssen, doch davon ließen sich die Kapitäne nicht beeindrucken. Ihnen war wichtiger, im Sturm ja keine Spiere einzubüßen. Trotzdem kam es zu Kollisionen zwischen den Schiffen. Eine mächtige Bark, die für den Transport großer Baumstämme konstruiert war, pflügte eine kleine Schnau[61] förmlich unter. Die Schnau zerbrach und sank innerhalb wenige Sekunden. Es gab keine Überlebenden. Andere Zusammenstöße verliefen glimpflicher. Hier gingen meist nur Rahen oder ein Bugspriet zu Bruch.

Glücklicherweise erwies sich der Sturm nur als ein relativ harmloser Vorläufer der Frühjahrsstürme. Nach anderthalb Tagen hatte er sich bereits wieder ausgetobt und Captain Hamond versuchte nun, den Konvoi wieder

---

[61] Zweimastiges Segelschiff, ähnlich der Brigg, nur mit einem Schnausegel anstelle des Großsegels.

dichter um das Führungsschiff zu versammeln. Das gelang nur sehr schleppend, obwohl die *Champion* ihre Signale immer wieder mit Kanonenschüsse bekräftigte.

Plötzlich ertönte auch aus einer anderen Richtung Kanonendonner. Henry stand auf dem Achterdeck und konnte nicht erkennen, wer diese Schüsse abgab. „Sean, siehst Du, wer hier schießt?", fragte er zum Ausguck hinauf. „Sir, ich kann nichts Genaues erkennen, aber aus Richtung der *Valletta* steigt Pulverdampf auf", antwortete Sean Rae. „Mr. Sykes, signalisieren Sie dem Flaggschiff: Bitte die *Valletta* unterstützen zu dürfen", befahl Henry nun. Es dauerte ein wenig, bis Mr. Sykes die Signalflaggen entsprechend zusammengestellt hatte und Henry kochte innerlich vor Ungeduld. Leutnant Nutton sprang dem Midshipman bei und löste das Chaos auf. Wenig später meldete Mr. Sykes: „Das Flaggschiff hat bestätigt, Sir."

Henry ließ mehr Segel setzen und die *Orange* schlängelte sich durch die unregelmäßigen Reihen des Konvois. Um sich schnellstmöglich ein Bild der Lage machen zu können, enterte Henry zur Fockbramsaling auf. Von dort konnte man den gesamten Konvoi überblicken. Der Pulverdampf verbarg aber, was sich jenseits der *Valletta* tat. „Sean, hast Du etwas erkennen können?", fragte Henry. „Ich glaube, es sind nur zwei kleine…", antwortete Sean, unterbrach sich aber mitten im Satz und zeigte auf das Ende des Konvois, wo eine Brigg etwas zurückgeblieben war. Jetzt sah es auch Henry. Die Brigg wurde von einem Lugger angegriffen! Sofort befahl Henry eine Kursänderung und enterte wieder ab. Leutnant Bowen trat an ihn heran, lüftete seinen Hut und fragte: „Sir, befehlen Sie Klarschiff zum Gefecht?" „Ja, Mr. Bowen, machen Sie weiter", antwortete Henry.

Schließlich näherte sich die *Orange* gefechtsbereit der Brigg und ihrem Angreifer, der mittlerweile längsseits gegangen war. Aber die Korsaren waren erfahrene Freibeuter. Einer von ihnen hielt während des Enterkampfs immer noch Ausguck und warnte seine Kameraden, als er die *Orange* heranstürmen sah. Sofort kehrten die Enterer auf ihr Schiff zurück und der Lugger löste sich von der Brigg. Bald füllten sich die Segel des Luggers und er flog förmlich davon. Henry sah ein, dass er sich auf keine Wettfahrt einlassen konnte. Er fragte kurz auf der Brigg an, ob Hilfe erbeten wurde, was jedoch nicht der Fall war.

Nun nahm die *Orange* Kurs auf die *Valletta*, die soeben noch in einem recht einseitigen Gefecht mit zwei Luggern gestanden hatte. Beide waren mit jeweils einem langen Zweiunddreißigpfünder auf Pivotlafette[62] bewaffnet. Mit diesen hatten sie die *Valletta* aus sicherer Entfernung beschossen, ohne dass sich diese wehren konnte, denn ihre Geschütze hatten eine geringere Reichweite. Offensichtlich war es ihre Aufgabe, den „Wachhund" des Konvois zu beschäftigen, während der dritte Lugger ein Schiff des Konvois enterte. Als sie diesen nun fliehen sahen, zogen auch sie sich eiligst zurück.

Nach einem kurzen Gruß an Captain Moore, ließ Henry die *Orange* auf ihre Station im Konvoi zurückkehren. In der Zwischenzeit ließ er sich von Mr. Benson eine Karte des Skagerraks bringen, denn das hatte der Konvoi mittlerweile erreicht. Henry wollte sehen, wohin die Lugger geflohen waren. „Ich tippe auf den Gronsfjord, er ist ziemlich lang und das Wasser ist fast überall tief", meinte der Master und zeigte auf eine tief eingeschnittene Meeresbucht an der norwegischen Küste. Henry überlegte. Die Lugger waren tatsächlich in diese Richtung gesegelt.

---

[62] Drehbare Lafette

„Könnten sie sich dort verstecken, ohne dass es die dänischen Behörden erfahren?", wollte er noch wissen. „Mit Sicherheit, dort gibt es nur ein kleines Fischerdorf, auf dieser kleinen Insel, in der Einfahrt in den Fjord. Wenn man die Insel auf der anderen Seite passiert, bekommt es niemand mit, falls es dort überhaupt dänische Beamte geben sollte", antwortete Mr. Benson. Henry beschloss, Kapitän Sprogoe in Skagen nach diesem Fjord zu fragen.

Der Konvoi sammelte sich jetzt in zwei Kolonnen, um Skagen zu passieren und Kurs auf den Sund zu nehmen. Mit Captain Hamonds Erlaubnis ließ Henry seine Gig aussetzen und sich zum Hafen von Skagen rudern. Gegen den Wind war das ein harter Törn, doch der Rückweg würde dafür leichter sein. Kapitän Sprogoe stand an der kleinen Kaimauer und schaute durch sein Fernrohr auf das heranrudernde Boot. Als er Henry erkannte, winkte er ihm zu.

Die Gig legte an und Henry stieg die kleine Treppe in der Kaimauer hinauf. „Nanu, Mr. du Valle, hat man Sie zum Konvoidienst verdonnert?", fragte Kapitän Sprogoe mit einem Augenzwinkern. „Das kommt davon, wenn die Admiralität weiß, dass man sich in der Ostsee auskennt", erwiderte Henry lachend. Darauf reichte Kapitän Sprogoe Henry die Hand und sagte: „Es ist schön, Dich hier zu sehen, Henry."

Kapitän Sprogoe lud Henry in das Hafenamt ein und ließ eine Kanne Kaffee kommen. Der Kaffee war heiß und stark, so wie ihn Henry liebte. Dazu wurde ein großer Teller voller unterschiedlicher Kuchensorten serviert. Nachdem Henry das erste Stück gegessen hatte, fragte Kapitän Sprogoe: „Was führt Dich denn außer dem guten dänischen Kaffee zu mir?" „Französische Korsaren", antwortete Henry, „Gut zwanzig Meilen vor Skagen wurde der Konvoi von drei Luggern angegriffen. Wir konnten sie abwehren und sie zogen sich in Richtung Gronsfjord zurück." Schon bei den Worten französische Korsaren sah Kapitän Sprogoe Henry aufmerksam an. „Dort verstecken sie sich also", sagte er dann. „Es hat bereits einige Meldungen über versuchte Angriffe von Korsaren gegeben. Wie oft sie erfolgreich waren, kann ich nicht sagen", fuhr er fort. „Wird Dänemark etwas dagegen unternehmen?", fragte Henry. Kapitän Sprogoe kratze sich am Kopf und verzog dabei sein Gesicht. Dann sagte er: „Ich habe die Angriffe natürlich nach Kopenhagen gemeldet, womit ich mir allerdings keine Freunde gemacht habe. Die Regierung will alles vermeiden, was Monsieur Bonaparte verärgern könnte. Man hat mir bedeutet, die Korsaren zu ignorieren, solange sie keine dänischen Schiffe angreifen." „Und alle anderen haben ganz einfach Pech gehabt", stellte Henry sarkastisch fest.

„Du musst auch die Sicht meiner Regierung verstehen. Gemessen an Frankreich und Großbritannien sind wir ein kleines Land. Die Franzosen stehen nur rund zwei Tagesmärsche von unserer Grenze entfernt. Würden wir uns für Eure Seite entscheiden, wären wir innerhalb weniger Tage ein besetztes Land, wie es vielen deutschen und italienischen Staaten ergangen ist. Ihr könntet uns nicht schützen", erklärte Kapitän Sprogoe. Henry konnte ihm nicht widersprechen, denn Kapitän Sprogoe hatte die Lage so geschildert, wie sie Henry auch sah. „Und dann ist da noch Russland mit seinem unzurechnungsfähigen Zaren. Es sind Männer wie er und Bonaparte, die die ganze Welt ins Unglück stürzen", sagte Henry bekümmert. „Ja, so ist es Henry. Es würde mich nicht wundern, wenn wir uns eines Tages auf unterschiedlichen Seiten wiederfinden würden", bestätigte Kapitän Sprogoe. „Das fiele mir nicht leicht, denn meine Frau war eine Dänin", sagte Henry. „Ja, das schönste Mädchen von Skagen. Die Leute hier sprechen noch immer von ihr", antwortete Kapitän Sprogoe, „Es ist schade, dass ich ihr nie begegnet bin."

„Es tut mir leid, dass ich Dir nicht helfen konnte", sagte Kapitän Sprogoe zum Abschied, „Aber immerhin kann ich Dir ganz inoffiziell sagen, dass der Gronsfjord außerhalb meiner Zuständigkeit liegt und das nächste dänische Kriegsschiff in Christianssand stationiert ist, von wo aus es die Zufahrt zum Sund überwacht." Henry hatte verstanden. Er gab Kapitän Sprogoe die Hand und sagte: „Danke Ove."

31

Henry brachte ein großes Kuchenpaket zurück auf die *Orange*. Er teilte es gerecht zwischen Offiziersmesse und Cockpit auf, was besonders bei den jungen Gentlemen auf große Begeisterung stieß.

Während Henrys kurzem Abstecher nach Skagen hatte der Konvoi das Kattegat durchquert und erreichte die Einfahrt zum Öresund, der in Marinekreisen einfach nur der Sund genannt wurde. Die Entrichtung des Sundzolls war eine zeitaufwändige Angelegenheit. Jedes Schiff des Konvois musste den Hafen von Helsingör anlaufen. Hier wurde die Ladung geschätzt und der Zollsatz festgelegt. Die Kanonen des mächtigen und festungsartigen Schlosses Kronborg sorgten dafür, dass sich niemand dieser Pflicht entzog.

Die Kriegsschiffe waren vom Sundzoll befreit. Während die *Valletta* nun direkt den Hafen von Kopenhagen ansteuerte, wartete die *Orange* auf die sich hinter dem Sund sammelnden Schiffe. Die *Champion* deckte derweil die Rückseite des Konvois.

Es dauerte zwei Tage, bis alle Schiffe des Konvois abgefertigt waren und der Konvoi seine Reise in die Ostsee fortsetzen konnte. Hinter dem Sund schoren die ersten Schiffe nach Süden aus, um Lübeck anzusteuern. Die restlichen Schiffe blieben bis Rügen im Konvoi, der sich hier endgültig auflöste. Einige Schiffe nahmen nun Kurs auf Stockholm oder Karlskrona, andere steuerten die Häfen von Stettin und Stralsund an. Rund ein Drittel der Schiffe war für die baltischen Häfen bestimmt. Sie würden vor Bornholm auf die Nachricht warten, dass der finnische Meerbusen eisfrei ist.

Während Captain Moore mit der *Champion* vor Bornholm blieb, kehrte Henry mit der *Orange* nach Kopenhagen zurück. Offiziell würde er nach eventuellen Nachrichten für London fragen, tatsächlich wollte er den Hafen von Kopenhagen und die vorgelagerten Untiefen näher kennenlernen.

Da die *Orange* wegen der nun widrigen Winde kreuzen musste, dauerte die Rückfahrt von Rügen nach Kopenhagen fast vier Tage. Die Sonne ging gerade unter, als die Türme von Kopenhagen in Sicht kamen. Die *Orange* passierte noch die kleine Insel Saltholm und ging dann vor dem Middelgrund, einer langgestreckten Sandbank vor Kopenhagen vor Anker. Hier wollte Henry die Nacht verbringen und sich am Morgen in den Hafen rudern lassen.

Nach weniger als einer Stunde näherte sich ein Boot. Henry hatte Positionslichter setzen lassen, um nicht in der Nacht gerammt zu werden. „Boot ahoi!", preite der Quartermaster das herankommende Boot an. „Hafenkapitän!", kam die Antwort zurück. Sofort ließ Mr. Nutton, der die Wache hatte, eine Ehrenformation antreten und den Kommandanten rufen.

Unter Trommeln und Querflöten kam der Hafenkapitän an Bord. Er war noch recht jung für den Posten, höchsten Anfang der Dreißiger und trug eine Leutnantsuniform. Es war bemerkenswert, dass er als Leutnant dieses Amt bekleidete. „Willkommen an Bord, Kapitän…", begrüßte Henry seinen Gast. „Bille, Michael Bille", antwortete er. Henry stellte sich ebenfalls vor und bat den Hafenkapitän in seine Kajüte. Der Name Bille war ihm durch Annika und Mutter Hanssen bekannt. Die Billes waren eine dänische Marinedynastie wie die Parkers in der Royal Navy. Daneben gehörten sie zu den einflussreichsten Familien des Königreichs. Sie stellten Minister und Erzbischöfe.

„Jeeves, koche eine ordentliche Kanne Kaffee!", befahl Henry. Kaffee ging in Dänemark immer und zu jeder Zeit, wusste er. Während sie auf den Kaffee warteten, fragte Henry: „Was führt Sie zu mir, Kapitän Bille?" „Wir sehen, dass ein fremdes Kriegsschiff vor unserem Hafen ankert und möchten gern wissen, welche Absichten es verfolgt", antwortete Kapitän Bille. „Wir kommen in friedlicher Absicht. Mein Schiff hat den ersten Frühjahrskonvoi bis Rügen geleitet und ist nun auf dem Rückweg nach Hause", erklärte Henry. „Sie hätten aber auch Kopenhagen direkt passieren können. Alle Leuchtfeuer sind in Betrieb", erwiderte Kapitän Bille. „Das stimmt, aber unsere Regierungen führen im Moment wichtige Verhandlungen. Bevor ich nach England zurückkehre, soll ich mir einen ersten Bericht unseres Botschafters geben lassen", sagte Henry. „Dann verstehe ich, dass Sie den Hafen bei einsetzender Dunkelheit nicht anlaufen wollten", gab sich Kapitän Bille nun zufrieden, doch Henry erklärte: „Aus Zeitgründen werde ich den Hafen nicht anlaufen, sondern mich zum Hafen rudern lassen. Dann kann ich auch ohne großes Zeremoniell meine Heimreise fortsetzen. Ich habe es auch aus persönlichen Gründen eilig, nach Hause zu kommen."

Kapitän Bille nickte verständnisvoll. „Ich habe von Ihrem Verlust gehört, Kapitän Sprogoe schrieb davon in seinem Bericht, nachdem Sie mit der Erbstatthalterin in Skagen waren", sagte er, „Ich kannte Kapitän Hanssen und seine Tochter persönlich und bedaure Ihren Verlust, Captain du Valle."

Der Kaffee wurde serviert. Jeeves hatte ihn extra stark gemacht. Kapitän Bille trank ihn mit Genuss. Das Gespräch floss nun dahin. Die Männer sprachen über ihre Seefahrten. Kapitän Bille hatte einen Schiffbruch überlebt, bei dem sein Vater ertrunken war. Dann wollte er Henrys Meinung über Konsul Bonaparte wissen. „In Akkon habe ich gegen ihn gekämpft und sah ihn ab und zu aus der Ferne. Er mag ein sehr guter General sein, aber er versteht die See nicht. In all den Wochen hat er nur auf dem Land gegen uns gekämpft. Es gab keine Angriffe von See aus. Das hat ihn den Sieg gekostet, glaube ich", sagte Henry.

Als die Männer noch eine Flasche Portwein geleert hatten, kehrte Kapitän Bille an Land zurück, nachdem er Henry zu einem Gegenbesuch im Hafenamt eingeladen hatte. Diese Einladung nahm Henry sehr gern an, denn er hatte seinen Besucher als sympathischen und kompetenten Offizier kennengelernt.

Am nächsten Morgen ließ sich Henry nach Kopenhagen rudern. Henry nutzte die Gelegenheit, unauffällig Lotungen der Wassertiefe vorzunehmen. Zugleich nahm er Peilungen vor, um die Tiefenangaben später exakt in einer Karte des Hafens und der Reede, die ihm die Admiralität zur Verfügung gestellt hatte, eintragen zu können. Schließlich war der schmale und langgezogene Hafen von Kopenhagen erreicht. Die *Valletta* lag fast ganz hinten. Der Wachhabende preite die Gig an. „*Orange*", war Charlie Starrs Antwort, womit er anzeigte, dass sich der Kommandant der *Orange* in der Gig befand.

Henry wurde von Captain Moore in allen Ehren empfangen. Anschließend lud Captain Moore zu einem gemeinsamen Frühstück ein. „Wie ist die Lage hier in Kopenhagen?", fragte Henry, nachdem sie in der Tageskajüte Platz genommen hatten. „Die Dänen sind freundlich, nur bei einigen Offizieren ist eine gewisse Anspannung spürbar", antwortete Captain Moore.

Das Frühstück wurde serviert. Hanson der Steward war, wie Captain Moore, ein alter Bekannter vom Kutter *Marten*. „Wie geht es Dir, Hanson?", fragte ihn Henry zur Begrüßung. „Danke der Nachfrage, Master du Valle, es könnte schlechter sein, es könnte aber auch besser sein", war Hansons Antwort. „Mein aufrichtiges Beileid zu Ihrem Verlust, Sir", fügte er hinzu. Dann verließ er die Kajüte.

„Du hast mir neulich gar nicht gesagt, dass Hanson noch immer bei Dir ist", sagte Henry. „Ja, wir sind fast so etwas, wie ein altes Ehepaar. Im Grunde ist Hanson der Meinung, dass ich ohne ihn hoffnungslos verloren wäre", antwortete Captain Moore lachend. Davon konnte Henry ein Lied singen. So kam es, dass sie das Frühstück mit Erzählungen über die Marotten ihrer Stewards verbrachten. Captain Moore hatte für das Frühstück alles auffahren lassen, was eine Großstadt wie Kopenhagen zu bieten hatte. Entsprechend satt verabschiedete sich Henry von seinem alten Bordkameraden.

„Ich muss jetzt noch beim Botschafter vorsprechen und der Hafenkapitän hat mich zu sich eingeladen", sagte Henry zum Abschied. „Kapitän Bille solltest Du nicht warten lassen, er gehört zu einer sehr einflussreichen

Familie", antwortete Captain Moore. „Ich weiß, immerhin war ich mit einer Dänin verheiratet", sagte Henry mit einem traurigen Lächeln.

Das Hafenamt befand sich unweit des Liegeplatzes der *Valletta*. Kapitän Bille war abwesend, hatte aber für Henry hinterlassen, dass er bitte warten möge. „Es kann nicht lange dauern. Er hatte nur einen kurzen Termin, der inzwischen vorbei sein müsste", erklärte ein Sekretär. Er bat Henry, auf einer Bank vor Kapitän Billes Büro Platz zu nehmen.

In dem großen Vorraum gab es ein ständiges Kommen und Gehen. Einige junge Offiziere sahen Henry und machten Bemerkungen über ihn. Erstaunt stellte Henry fest, dass er sie recht gut verstand, nur leider fielen ihm die passenden Worte für eine Erwiderung nicht ein. Auf jeden Fall schienen sie es nicht erwarten zu können, den arroganten Briten endlich einmal Paroli zu bieten.

Kapitän Bille erschien und bat Henry für seine Verspätung um Verzeihung. „Wir hatten doch keinen festen Termin vereinbart", erwiderte Henry. Er wurde in Kapitän Billes Büro gebeten. Der unvermeidliche Kaffee kam sofort und mit ihm eine Platte mit einer Art Sandwich, die Kapitän Bille Smörrebröd nannte. „Als Kind habe ich oftmals Zeit in Skagen bei Kapitän Hanssen und seiner Frau verbracht. Von daher kenne ich Smörrebröd bereits", erklärte Henry.

„Was glauben Sie, Captain du Valle, wird es zwischen Britannien und Dänemark zum Krieg kommen?", fragte Kapitän Bille geradeheraus. „Will das denn irgendjemand, abgesehen von einigen jungen Offizieren?", fragte Henry zurück. „Wir Dänen sind ein durchaus stolzes Volk. Wir mögen es nicht, wenn man unsere Schiffe anhält und kontrolliert", erwiderte Kapitän Bille. „Den Stolz haben wir gemeinsam. Wir mögen es nicht, wenn man unsere

Feinde unterstützt", entgegnete Henry, „Aber ich habe die Hoffnung nicht aufgegeben, dass unsere Politiker doch noch eine Einigung finden."

Die beiden Offiziere trennten sich freundschaftlich und Henry nahm sich eine Mietdroschke zur Residenz des britischen Botschafters. Der Botschafter ließ sich entschuldigen. Er befand sich zu Gesprächen bei Graf Bernstorff, hatte aber von der Ankunft der *Orange* gehört und Post zur Beförderung nach England vorbereitet. So kehrte Henry mit einem schweren Postsack auf die *Orange* zurück. Für die Rückfahrt nahm er einen anderen Weg. Er notierte sich die Standorte der Fahrwasserbetonnungen und nahm dazu Peilungen vor, um auch ohne diese Seezeichen unbeschadet Kopenhagen anlaufen zu können.

Sobald er an Bord kam, ließ er den Anker lichten und Kurs auf den Sund nehmen. Dann wertete er gemeinsam mit Mr. Benson seine Notizen aus und übertrug sie auf die Karte.

32

Kaum war der Sund durchquert, ließ Henry die *Orange* beidrehen. Alle an Bord fragten sich, was diese Unterbrechung des Heimweges zu bedeuten hatte. Eine Versammlung des Offizierskorps in der großen Kajüte sollte Aufklärung bringen. Neben den Leutnants und dem Master waren alle anderen Decksoffiziere und die jungen Gentlemen geladen.

Henry hatte eine Seekarte auf dem Tisch ausgebreitet und erklärte: „Gentlemen, ich beabsichtige, das Korsarennest im Gronsfjord auszuräuchern." Aufgeregtes Murmeln war die Reaktion. Leutnant Bowen hatte als Ranghöchster nach Henry als erster das Wort: „Sir Henry, wie wollen wir die

Korsaren jagen? Mit ihren Luggern lassen sie uns doch glatt stehen. Oder beabsichtigen Sie, in den Fjord einzulaufen?"

„Wie heißt es so schön: Wenn der Prophet nicht zum Berg kommt, muss der Berg zum Propheten kommen", erwiderte Henry lächelnd. „Sie wollen also einen Angriff der Korsaren provozieren, Sir?", fragte Leutnant Nutton. „Die Franzosen werden niemals so dumm sein, einen Angriff auf ein Kriegsschiff zu wagen!", rief Leutnant Harris aus. „Es sei denn, sie wissen nicht, wen sie angreifen", sagte Hauptmann de Lacy verstehend. „Wir werden also die *Orange* in ein Handelsschiff verwandeln", begriff nun auch Mr. Nutton.

„Sehr gut, Gentlemen, Sie haben den ersten Teil meines Plans im Wesentlichen zusammengefasst", lobte Henry. Das war zwar ein einigermaßen übertriebenes Lob, hatten doch nur zwei der Offiziere wirklich verstanden, was er im Sinn hatte, doch vielleicht beflügelte es ja auch die Phantasie der anderen.

„Moment, Sir Henry, Sie sprachen doch von ausräuchern", hatte nun auch Leutnant Harper einen Gedankenblitz, „Gehen wir also doch in den Fjord?" „Genau, Mr. Harper, das wird Teil zwei unseres Plans sein. Erst erledigen wir die Lugger und dann dringen wir, entweder mit einem erbeuteten Lugger oder unseren Booten, in den Fjord ein", bestätigte Henry. „Sir Henry, ich spreche sicher auch im Namen von Leutnant Eyre, dass die Marinesoldaten der *Orange* darauf brennen, im zweiten Teil Ihres Plans eine entscheidende Rolle zu spielen", sagte Hauptmann de Lacy. „Das werdet Ihr, James, sei unbesorgt", antwortete Henry lachend, „Doch nun zu den Einzelheiten meines Plans…"

Selten hatte Henry eine Besatzung erlebt, die mit solch einem Feuereifer an die Erfüllung einer Aufgabe ging. Um die Korsaren zu täuschen, musste die *Orange* aus einem Zweidecker in ein Handelsschiff verwandelt werden. Ursprünglich hatte Henry vorgeschwebt, die *Orange* mit ein wenig Unordnung an Deck und schlampig gesetzten Segeln in einen verirrten Indienfahrer zu verwandeln, doch die Leutnants Nutton und Harper überzeugten ihn, dass solch eine Tarnung viel zu unglaubwürdig war. Außerdem würde jeder erfahrene Seemann die *Orange* sofort wiedererkennen. Die Offiziere der Royal Navy schauten zwar ein wenig hochmütig auf ihre Kollegen der East India Company herab, konnten aber nicht verhehlen, dass sie ausgezeichnete Seeleute waren. Kein Kapitän der East India Company würde sich bis in die östliche Nordsee verirren.

Stattdessen schlugen die Leutnants vor, die *Orange* einer gründlichen kosmetischen Operation zu unterziehen. Die unteren Geschützreihen sollten hinter geteertem Segeltuch komplett verschwinden. Außerdem sollten alle Rahen am Besanmast abgeschlagen werden, um so aus dem Vollschiff eine Bark zu machen. Henry musste sie für ihren Vorschlag loben, denn so ging die *Orange* glatt als Transportbark für Schiffsmasten durch.

Der letzte Akt der Verwandlung war das Verstecken der prächtigen Holzverzierungen am Heck unter einer dicken Rußschicht. Henry blutete zwar das Herz, aber es war ja nur eine zeitweilige Maßnahme. Außerdem verschwanden die Heck- und Seitenfenster hinter Holzblenden. Nur das mittlere Fenster der Offiziersmesse blieb davon verschont. In den Augen der Korsaren sollte es die Heckluke für die Verladung der Baumstämme darstellen.

So verwandelt ging die *Orange* wieder auf ihren alten Kurs entlang der Südküste Norwegens. Henry war sich sicher, dass sich die Korsaren so eine Beute nicht entgehen lassen würden. Auch in Frankreich waren Baumstämme, die sich für den Bau von Schiffsmasten eigneten, selten und sehr gefragt.

Als die Abenddämmerung einsetzte, ließ Henry, wie auf Handelsschiffen üblich, die Segel kürzen. So machte die *Orange* in der Nacht kaum Fahrt, zumal sie im Kattegat ohnehin gezwungen waren, in kurzen Schlägen zu kreuzen.

Kurz vor Sonnenaufgang wurde Henry wach. Er zog sich an, verzichtete jedoch auf seinen Uniformrock und nahm stattdessen einen dicken Wollpullover, den ihm Annika für kalte Nächte auf See gestrickt hatte. Das Schicksal wollte es, dass Henry seitdem zu ihren Lebzeiten fast nur in südlichen Gewässern unterwegs war. Als Henry den Pullover übergezogen hatte, nahm er einen Hauch von Annikas Duft wahr und es zog ihm das Herz zusammen.

Jeeves kam mit einer Kanne Kaffee und sah Henrys verzweifelten Blick. Natürlich erkannte er den Pullover und verstand wie Henry zumute war. „Ich bin mir sicher, sie passt von da oben auf uns auf, Sir", sagte er mitfühlend, während er den Kaffee in einen großen Becher goss. Henry lächelte etwas gequält und nahm zwei hastige Schlucke. Verdammt, war das Zeug heiß.

Henry ging an Deck, wo der Master die Wache hatte. Mr. Benson meldete den Kurs und zeigte dann nach Steuerbord voraus: „Dort vorn die Landmasse ist die Halbinsel Lindesnes, dahinter liegt die Einfahrt zum Fjord, durch die vielen Inseln und Felsklippen aber aus der Ferne kaum zu sehen." Henry dankte und stellte zufrieden fest, dass sich alle Offiziere bereits an Deck versammelt hatten.

In ihrem Räuberzivil boten sie einen ungewohnten Anblick.

„Ich rede mal kurz mit dem Ausguck", sagte Henry und ging nach vorn zum Fockmast. Auf der Fockbramsaling wurde er heute von Sean Rae begrüßt. „Guten Morgen, Sir", sagte er, während er seinem Kommandanten etwas Platz machte. „Guten Morgen, Sean, wie schaut es aus", antwortete Henry. Sean Rae kratzte sich am Kopf und sagte: „Um ehrlich zu sein, bin ich mir nicht ganz sicher, Sir, aber ich habe das Gefühl, wir werden beobachtet." „Gut möglich, aber wie kommst Du darauf?", wollte Henry wissen. „Sehen Sie da vorn, das Kap, Sir, da sehe ich es immer wieder aufblitzen", antwortete der Ausguck. Henry setzte sein Fernrohr an und richtete es auf die Spitze der Halbinsel. „Du hast recht, Sean", murmelte Henry, „Da vorn ist etwas." „Ich habe mir gedacht, das könnte ein Ausguck mit einem Fernrohr sein. Gegen die aufgehende Sonne muss er immer wieder seinen Blick abwenden und so erzeugt er diese Lichtblitze", sagte Saen Rae. Henry tätschelte anerkennend seine Schulter und sage: „Gut gemacht, Sean." Dann beugte er sich in Richtung Achterdeck und rief: „Wir werden beobachtet! Alle die nicht an Deck beschäftigt sind, gehen jetzt bitte unter Deck!"

Der Befehl rief zunächst Unverständnis hervor, doch Mr. Nutton, der den Kommandanten schon länger kannte, sorgte mit Nachdruck dafür, dass der Befehl umgehend befolgt wurde. Henry kehrte auf das Achterdeck zurück, wo ihn der Master etwas verwirrt anschaute. Deshalb sagte Henry erklärend: „Vor auf der Spitze der Halbinsel scheint ein Posten mit Fernrohr zu sitzen. Noch ist er zu weit entfernt, um Einzelheiten an Bord der *Orange* zu erkennen, falls er uns gegen die aufgehende Sonne überhaupt schon entdeckt hat, aber sobald er uns genauer betrachten kann, wären ein volles Deck oder Uniformröcke für ihn klare Alarmsignale. Kein Handelsschiff kann sich ein Deck voller Seeleute leisten und kein Handelsschiffer trägt mehr als bestenfalls einen blauen Rock."

Mr. Benson nickte verstehend und Leutnant Nutton, der die Wache vom Master übernehmen wollte, sagte mit einem frechen Grinsen: „Wenn Sie Captain du Valle lange genug kennen, werden Sie feststellen, dass er selbst sinnlos anmutende Befehle nicht ohne Grund erteilt."

Das war natürlich ziemlich dreist in Gegenwart des Kommandanten, doch Henry nahm es mit Humor. Er grinste mit einem Augenzwinkern zurück und antwortete: „Noch mehr mag der Kommandant aber Offiziere, die pünktlich ihre Wache übernehmen." Mr. Benson und Mr. Nutton vollzogen jetzt endlich die Wachübergabe und der Master ging unter Deck. Leutnant Nutton sah Henry an und fragte: „Sir, irgendwelche Befehle für mich?" „Nein, Mr. Nutton, sie gehört Ihnen. Machen Sie weiter", antwortete Henry und ging unter Deck, wo inzwischen das Frühstück wartete.

Gerade wollte er die Tür zu seinem Quartier hinter sich schließen, als Sean Rae, der sich nicht hatte ablösen lassen, vom Fockmast meldete: „An Deck, der Posten scheint zu signalisieren." Sofort drehte Henry auf dem Absatz um und wäre dabei fast mit Charlie Starr zusammengestoßen, der ebenfalls unter Deck gehen wollte. „Guten Morgen, Sir", sagte dieser und trat geistesgegenwärtig zur Seite. Henry war so sehr auf Sean Rae konzentriert, dass er seinen Bootssteurer nicht bemerkte. „Was heißt, er signalisiert?", wollte Henry vom Ausguck wissen. „Er macht so komischen Rauch", antwortete Sean Rae.

Sofort lief Henry zum Fockmast und enterte auf. Er bemerkte nicht, dass ihm Charlie Starr folgte. Oben auf der Fockbramsaling zeigte Sean Rae: „Schauen Sie, Sir, der Rauch sieht seltsam aus." „Tatsächlich", sagte Henry. Nun meldete sich Charlie Starr, der unterhalb der Fockbramsaling in den Wanten stand: „Solche Signale verwenden einige Stämme in Amerika, um Nachrichten über weite Entfernungen zu übermitteln, Sir." Henry schaute überrascht nach unten und sagte: „Stimmt, Du kommst ja aus den ehemaligen Kolonien, Charlie. Von Rauchzeichen habe ich auch schon gehört." Dann fragte er: „Kann man sie irgendwie lesen?" „Nur, wenn man den Code kennt, Sir", antwortete Charlie Starr.

Er und Henry enterten nun wieder ab und Henry sagte: „Komm, Charlie und erzähle mir beim Frühstück mehr davon." Zeit für ein ordentliches Frühstück hatten sie allemal, bevor sie die Halbinsel und die dahinterliegende Einfahrt in den Gronsfjord erreichten.

33

Nach dem Frühstück kehrte Henry an Deck zurück, während sich Charlie Starr um die Waffen des Kommandanten kümmerte. Besonders der alte Entersäbel brauchte mal wieder einen frischen Schliff, sollte es nachher zum Gefecht kommen. Charlie Starr hielt zwar wenig vom Putzen fremder Waffen, aber hier ging es ja um die Vorbereitung auf einen möglichen Kampf.

Die *Orange* hatte sich inzwischen der Halbinsel soweit genähert, dass man an Land allerhand Einzelheiten erkennen konnte. Aus der Nähe wirkte sie weit weniger kompakt. Sie bestand aus einer Reihe zerklüfteter Felsen, die kaum Pflanzenwuchs aufwiesen. Verschiedene kleine Felsriffe, einige über, andere unter Wasser waren der Halbinsel vorgelagert. Das Kap war ein glatter Felsbuckel, an dessen höchstem Punkt sich eine Feuerstelle befand.

Ihrer Größe nach zu urteilen hatte sie nichts mit dem Signalfeuer zu tun. Henry schätzte, dass sie eher als Leuchtfeuer für heimkehrende Fischerboote diente.

Langsam passierte die *Orange* das Kap. Außer Henry waren nur noch Mr. Nutton als Wachhabender, die beiden Rudergänger, Mr. Hughes, der Quartermaster, sowie der Bootsmann mit fünf Seeleuten an Deck. Für einen Beobachter, den es mit Sicherheit gab, musste die *Orange* wie ein typisches Handelsschiff wirken, das die Küsten entlang trödelte.

Hinter dem Kap lag, für den Ortsunkundigen kaum sichtbar, die Einfahrt in den Gronsfjord. Ein Gewirr aus Felsriffen und kleinen Inseln versperrte den direkten Blick auf den Fjord. Lediglich ein schmaler Kanal war zu sehen. Im Gegensatz zur Halbinsel waren die kleinen Inseln recht flach. In den Spalten der abgeschliffenen Felsbrocken, aus denen die Inseln bestanden, wuchsen Kiefern, so dass auch der Blick über die Inseln hinweg versperrt war.

„An Deck", meldete sich Sean Rae von oben, „Ich glaube, ich kann hinter den Inseln Segel ausmachen." Jetzt würde es sicherlich nicht mehr lange dauern. Henry begab sich zum Niedergang zwischen Besan- und Großmast. „Alle Mann bereithalten, das obere Batteriedeck zu besetzten. Unteres Batteriedeck gefechtsbereit machen, die Geschützluken bleiben aber noch geschlossen", befahl er.

„Da kommen sie! Zwei Segel direkt an Steuerbord, ein Segel in Steuerbord achteraus!", rief Sean Rae. Henry schaute in die angegebenen Richtungen, wo gerade drei Lugger zwischen den Inseln hervorgeschossen kamen. Angesichts des mit Riffen verseuchten Gewässers mussten sich die Korsaren hier schon sehr gut auskennen.

„Leicht nach Backbord abfallen", befahl Henry. „Aye Sir, nach Backbord abfallen", bestätigte Mr. Hughes und gab die notwendigen Anweisungen an die Rudergänger. Für die Korsaren musste das jetzt wie ein halbherziger Fluchtversuch wirken. Die Lugger schwärmten aus, um die *Orange* in die Zange zu nehmen. „Mr. Brown, setzen Sie mit Ihrer Deckscrew das Focksegel", befahl Henry nun. Bislang war die *Orange* nur unter Marssegeln unterwegs. Die Angreifer sollten denken, dass der Skipper des fremden Frachtschiffs den Gedanken an Flucht noch nicht aufgegeben hatte.

Natürlich dauerte das Setzen des Focksegels deutlich länger, als auf einem Kriegsschiff üblich. Die Lugger holten rasch auf. Bald würden sie auf Schussdistanz heran sein. Die Kanonen wurden bereits ausgefahren. Henry übte sich weiter in Geduld. Wenn sein Plan Erfolg haben sollte, musste er die Täuschung so lange wie möglich aufrechterhalten.

Endlich war das Focksegel gesetzt und das Schiff machte mehr Fahrt. „Weiter nach Backbord abfallen", befahl Henry. Mr. Hughes stand inzwischen selbst am Ruder und führte den Befehl direkt aus. „Recht so", sagte Henry nun. Die *Orange* war nun fast genau auf Südkurs und der Wind fiel seitlich ein, so dass sie nun deutlich schneller segelte. Natürlich ließen sich die Lugger so nicht abschütteln. Je ein Lugger segelte nun an Back- und Steuerbord, während der dritte Lugger die *Orange* an Steuerbord überholte. Offenbar wollte er sich vor ihren Bug legen, um die weitere Flucht zu unterbinden.

Tatsächlich kreuzte er den Kiel der *Orange* und gab einen Schuss auf das Focksegel ab. Sofort entstand darin ein tiefer Riss. Henry ließ die Segel backstellen, und nahm so die Fahrt aus dem Schiff. „Achtung an alle, gleich geht es los!", rief er. Dann beugte er sich über die Reling und rief dem nächstgelegenen Lugger zu: „Was soll das? Sie schießen auf uns. Wir befinden uns in neutralen dänischen Gewässern."

Höhnisches Gelächter war die Antwort. Dann rief der Kapitän des Luggers an Steuerbord durch eine Flüstertüte: „Britisches Schiff, bleiben Sie beigedreht. Wir schicken unsere Boote zu Ihnen!" Tatsächlich wurden von allen drei Luggern Boote zu Wasser gelassen. Die Lugger hatten derweil ihre Segel eingeholt. Henry befahl: „Alle Mann auf Gefechtsstation! Bereitmachen zum Feuern!"

Dieser Befehl war längst erwartet worden. Nach wenigen Sekunden war auch das obere Batteriedeck gefechtsbereit. Nur die Geschützluken waren noch immer geschlossen. Durch das hohe Bord der *Orange* blieben alle diese Aktivitäten den Korsaren verborgen, die in Erwartung leichter Beute herangepullt kamen. Hauptmann de Lacy befahl einige seiner Marineinfanteristen mit Plunderbüchsen an die Reling. Sie sollten sich um die Beiboote der Franzosen kümmern.

„Mr. Brown, wir stellen gleich die Segel wieder in den Wind!", rief Henry. Der Bootsmann stand mit seiner Crew längst bereit und hob zur Bestätigung nur die Hand. Dann ging alles sehr schnell. Henry hob ebenfalls die Hand und während er sie wieder herunterriss, rief er: „Mr. Brown los, alle Geschütze nach Zielerfassung Feuer!"

Die Geschützluken des oberen Batteriedecks flogen auf, die Kanonen wurden rasch ausgefahren und abgefeuert. Sie verwandelten die Lugger an Back- und Steuerbord in schwimmende Trümmerhaufen. Der vordere Lugger wurde vom Steuerbordjagdgeschütz beschossen. Die Kugel schlug mittschiffs ein und riss etliche Korsaren in den Tod. Die Plunderbüchsenschützen richtete derweil in den Beibooten ein Blutbad an.

Langsam nahm die *Orange* nun wieder Fahrt auf. „Mr. Hughes, lassen Sie sie etwas nach Backbord abfallen", sagte Henry. So kam auch der vordere Lugger in den Schussbereich der Breitseiten. Derweil waren die Blenden von den Geschützluken der unteren Batterie herabgerissen worden und auch diese Luken flogen auf. Die Kugeln der Vierundzwanzigpfünder versetzten den Luggern den Todesstoß. Als sich der Pulverdampf verzogen hatte, schwammen nur noch Holztrümmer und Leichenteile auf den Wellen und auch die Marineinfanteristen mit ihren Plunderbüchsen hatten ihre Aufgabe erfüllt.

Henry ließ die *Orange* wieder beidrehen und die beiden Kutter aussetzen. „Vielleicht hat ja doch jemand dieses Inferno überlebt", meinte er. Tatsächlich hatten die Kanonen der *Orange* ganze Arbeit geleistet. Die kleinen Lugger und ihre Besatzungen hatten keine Chance gehabt und logischerweise gab es hier auch keine Überlebenden. In den Beibooten fanden sich unter all den Leichen einige Schwerverletzte, die an Bord der *Orange* gebracht wurden. Doktor Reid nahm sich ihrer sofort an, war sich aber sicher, dass einige von ihnen den nächsten Tag nicht mehr erleben würden.

Für Henry war es kein befriedigender Erfolg. Ein Kampf zwischen einem Linienschiff und Luggern, ganz egal wie viele es waren, konnte nicht als fair bezeichnet werden. Andererseits waren es ja die Lugger gewesen, die den Kampf gesucht hatten, wenn auch unter ganz anderen Voraussetzungen.

Nun blieb die Frage, was in Bezug auf den Stützpunkt der Korsaren zu unternehmen war. Während des Gefechts gegen die Lugger hatte sich Henry bereits auf rechtlich fragwürdigem Terrain befunden, denn immerhin war damit die Souveränität der dänischen Krone verletzt worden. Allerdings war der Rechtsverstoß von den Korsaren ausgegangen und niemand konnte Henry das Recht auf Selbstverteidigung absprechen. Griff er nun jedoch ihren Stützpunkt auf norwegischem Gebiet an, konnte das den Falken in der dänischen Regierung den Casus Belli[63] liefern, während die britische Regierung nach einer diplomatischen Lösung für die bestehenden Spannungen suchte.

Henry wurde immer klarer, dass er sich mit seinem Plan, das Korsarennest auszuräuchern, in etwas verrannt hatte, das ihm und seinen Offizieren die Karriere kosten konnte. Es musste also eine andere Lösung gefunden werden. „Charlie Starr zu mir", befahl Henry schließlich. Der Bootssteurer kam und sah Henry fragend an. „Ich habe einen Auftrag für Dich. Du nimmst Dir die Gig und segelst nach Skagen. Dort meldest Du Dich bei Kapitän Sprogoe und übergibst ihm einen Brief von mir."

Der Brief war schnell geschrieben. Darin informierte Henry seinen dänischen Freund über den Korsarenangriff und seine inzwischen feste Überzeugung, dass sich ein Stützpunkt im Gronsfjord befand. Mochte Kapitän Sprogoe daraus seine eigenen Schlüsse ziehen. Charlie Starr brach sofort auf. Wenn alles nach Plan verlief, würde er am nächsten Morgen zurück sein.

34

Während die *Orange* nun auf die Rückkehr der Gig wartete, war es nun an der Zeit, dass Henry seine Offiziere über die

---

[63] Lateinisch Kriegsfall – Eine Situation, durch die sich ein Staat zu einer Kriegserklärung an einen anderen Staat veranlasst sieht.

Planänderung informierte. Alle Offiziere und Decksoffiziere wurden wieder in die große Kajüte gerufen.

„Gentlemen, ich habe mich entschlossen, den geplanten Angriff auf den Stützpunkt der Korsaren abzublasen", erklärte Henry. „Aber Sir, die ganze Aktion wäre doch ein Spaziergang für uns", sagte Leutnant Bowen. „Richtig, da gibt es überhaupt kein Risiko", meinte auch Leutnant Harris. „Damit mögen Sie Recht haben, aber unser Erfolg könnte sich als absolutes Desaster für die Regierung seiner Majestät erweisen", erwiderte Henry, „Sie dürfen nicht vergessen, dass sich die dänische Regierung unter massivem russischen Druck sieht, einer Neuauflage der bewaffneten Neutralität beizutreten. Solch ein Vorfall könnte der letzte Anstoß sein, dem Drängen des Zaren nachzugeben."

Was auch immer seine Offiziere darüber denken mochten. Henry trug die volle Verantwortung und hatte auch die alleinige Entscheidungsgewalt. Als Kapitän seiner Majestät musste er manchmal auch unpopuläre Entscheidungen treffen, wenn es den Interessen Großbritanniens diente.

Die Gig kam nicht allein zurück. Sie wurde von zwei Kanonenschaluppen begleitet, die unter dem Kommando von Kapitän Sprogoe standen. Die Kanonenschaluppen waren recht breit gebaute Ruderboote mit zwei Segelmasten. An Bug und Heck waren sie jeweils mit einem Vierundzwanzigpfünder bewaffnet. Die Mannschaftsstärke betrug jeweils ungefähr siebzig Mann. Henry erinnerten sie an plumpe Vettern der Galeeren, die er im Mittelmeer kennengelernt hatte. Obwohl sie wie aus einer längst vergangenen Zeit wirkten, waren sie doch bei Flaute oder in der dänisch-norwegischen Welt der Inseln und Fjorde ernstzunehmende Gegner.

Kapitän Sprogoe wurde an Bord der *Orange* mit allen Ehren empfangen. „Ich habe mich entschlossen, selbst gegen die Korsaren vorzugehen", erklärte er, „Inzwischen gab es Klagen dänischer Reeder." „Und wie ist es mit Deiner Zuständigkeit?", wollte Henry wissen. „Wenn Gefahr im Verzug ist, kann man schon einmal die Grenzen der eigenen Zuständigkeit überschreiten", antwortete Kapitän Sprogoe.

Henry bat seinen Freund unter Deck. In der großen Kajüte gab es ein reichhaltiges Frühstück. Kapitän Sprogoe langte kräftig zu. „Auf den Kanonenschaluppen geht es sehr beengt zu und die Versorgung ist eher bescheiden. Diese Boote werden nur in Küstennähe eingesetzt. Die Nacht verbringen die Besatzungen an Land oder auf dem Mutterschiff, einer Brigg oder einem großen Schoner", erklärte Kapitän Sprogoe.

Henry befahl Mr. Miller, die Besatzungen der Kanonenboote mit heißem Grog zu versorgen. Die Rechnung dafür wollte Henry aus eigener Tasche zahlen. Als sich Kapitän Sprogoe anbot, die Rechnung zu begleichen, wehrte Henry ab. „Ihr seid meine Gäste. Außerdem liegt der Einsatz gegen den Stützpunkt der Korsaren auch in britischem Interesse", sagte er.

Nach dem Frühstück berichtete Henry anhand einer Seekarte vom Gefecht gegen die französischen Lugger und zeigte, wo sie aus dem Fjord gekommen waren. Kapitän Sprogoe kannte die Gegend und hatte sofort eine Idee, wo genau sich der Stützpunkt befinden konnte.

Dann brachen die Kanonenschaluppen auf. Zum Abschied sagte Kapitän Sprogoe noch: „Erinnerst Du Dich an den Mann, der an der Küste gesehen wurde? Offenbar war es doch nicht Dein Mann, denn er soll in der französischen Botschaft ein und aus gehen."

Henry überlegte, dass es wirklich nicht Dexter sein konnte, den die Dänen da beobachtet hatten. Denn was sollte er bei den Franzosen wollen? Nicht einmal ihre Sprache beherrschte er. Dexter schmorte also doch schon längst in der Hölle.

Der Kurs der Kanonenboote beschrieb einen weiten Bogen nach Norden. Von dort wollten sie sich dicht unter der Küste dem Fjord nähern. Da sie bei der Annäherung segeln konnten, würde man sie, falls sie überhaupt entdeckt wurden, eventuell für heimkehrende Fischer halten.

Auf der *Orange* wartete man gespannt auf den Ausgang des Unternehmens. Gegen Mittag meldete der Wachhabende, es war Leutnant Harper, Kanonendonner aus der Richtung des Fjords. Wenig später näherte sich ein kleines Segelboot mit einer Nachricht von Kapitän Sprogoe. Er berichtete, dass der Einsatz ein voller Erfolg war. Unter den Prisen, die er im Fjord vorgefunden hatte, befand sich auch ein dänisches Handelsschiff, weshalb man die Korsaren als Piraten behandeln würde, denn so blieb auch das Gesicht Frankreichs gewahrt. Dänemark würde jede Spannung mit Frankreich vermeiden wollen.

Für Henry und sein Schiff war der Einsatz in dänischen Gewässern damit beendet. Er befahl, Kurs auf England zu nehmen. Was würde ihn dort erwarten? Ließ man ihm diesmal Zeit, sich um seine kleine Tochter zu kümmern oder verlangte der Dienst in diesem endlos scheinenden Krieg, dass er schon bald wieder in See stach, um irgendwo auf der Welt die Interessen seines Landes und seines Königs zu verteidigen?

Ende

Nachwort

Die Handlung des vorliegenden Bandes ist im Zeitraum September 1799 bis März 1800 vor dem Hintergrund der Anglo-Russischen Invasion in der Provinz Holland und den zunehmenden Spannungen zwischen Großbritannien und den Ostseeanrainerstatten angesiedelt.

Das Scheitern der Invasion in der Provinz Holland war der finale Auslöser für den Austritt Russlands aus der 2. Koalition. Zar Paul I. machte die Unfähigkeit seiner Verbündeten für die Rückschläge in Holland und in den Alpen verantwortlich. Oftmals wird in diesem Zusammenhang auch der Streit um Malta genannt, doch dort hielt sich die französische Garnison noch bis in den September 1800, weshalb ich diesen Grund für Russlands Verlassen der Koalition im Oktober 1799 für unglaubwürdig halte.

Im Dezember 1800 wurde dann unter der Führung Russlands das zweite Bündnis der bewaffneten Neutralität geschaffen, dem neben Russland auch Dänemark, Schweden und die reine Landmacht Preußen mehr oder weniger freiwillig beitraten. In der Handlung dieses Buchs gehe ich davon aus, dass es erste Bestrebungen für dieses Bündnis bereits Anfang 1800 gab. Immerhin mussten vier Staaten und ihre Interessen berücksichtigt werden und dies bei den langwierigen Kommunikationswegen der damaligen Zeit. Das war sicherlich keine Frage von Wochen, sondern eher von Monaten.

Auf jeden Fall nahmen in dieser Zeit die Spannungen zwischen Großbritannien und Dänemark zu und das bisher verbündete Russland nahm eine immer feindlichere Position gegenüber Großbritannien ein. Es ist also durchaus realistisch, anzunehmen, dass man in London Anfang 1800 schon ahnte, in welche Richtung sich die

Verhältnisse im Ostseeraum entwickeln würden. Die folgenden Ereignisse, vor allem in Russland, wo britische Bürger und Schiffe festgesetzt wurden, zeigten außerdem, dass die britische Einschätzung, dieses angeblich neutrale Bündnis wäre in Wahrheit antibritisch, vollkommen richtig war. Das wird dann aber eher Gegenstand eines möglichen 7. Bandes dieser Reihe um den jungen Captain Henry du Valle sein.

An dieser Stelle sind aber noch einige Bemerkungen zu den, von meinem Helden kommandierten, Schiffen angebracht. Wer den vorherigen Band gelesen hat, weiß bereits, dass es sich bei der *Valletta* ursprünglich um die zunächst maltesische, später jedoch französische Fregatte *Carthaginoise* handelte. Diese Fregatte hat es tatsächlich gegeben, nur fiel sie den Briten in Wahrheit erst im September 1800 in die Hände und wurde aufgrund ihre schlechten Zustandes niemals in Dienst gestellt.

Für die *Goose* ließ ich mich von dem niederländischen Zweidecker *Goes* inspirieren. Dieses Schiff wurde 1781 für die Admiralität von Zeeland gebaut und nach der zeeländischen Stadt Goes benannt. Tatsächlich wurde sie bereits 1797 abgebrochen, hier lasse ich sie von den Briten erobern und aufgrund der lautmalerischen Gleichheit als *Goose* in Dienst stellen. Goose heißt auf Englisch Gans und im Wappen von Goes befindet sich eine Gans, die sicherlich auch in der Heckverzierung der *Goes* zu sehen war.

Die im Buch in *Orange* umbenannte *Rotterdam* war ein Zweidecker der von der Admiralität auf der Maas 1783 in Rotterdam gebaut wurde. Auch dieses Schiff wurde in der Realität niemals von der Royal Navy in Dienst gestellt, denn die Batavische Marine verkaufte das Schiff bereits 1799 zum Abbruch. Aufgrund der engen Beziehungen zwischen der britischen Krone und dem Staathalter der Niederlande wäre es aber durchaus möglich gewesen, dass man ihn mit solch einer Umbenennung geehrt hätte.

An dieser Stelle scheint es mir zum besseren Verständnis notwendig zu sein, einige Worte über die niederländischen Admiralitäten zu verlieren. Während alle anderen europäischen Seefahrtnationen jeweils nur über eine Admiralität verfügten, gab es in den Niederlanden fünf.

Die Ursache für diese ungewöhnliche Organisation der Marine liegt im Freiheitskampf der Niederlande gegen Spanien begründet. Da die niederländischen Freiheitskämpfer, als Geusen bekannt, erst nach und nach Gebiete erobern konnten, die zum Teil weit voneinander getrennt lagen, wurden 1576 drei Admiralitäten gegründet: Maas, Zeeland und Holland.

Damals befand sich Amsterdam noch in den Händen der Spanier, weshalb sich der Sitz der Admiralität von Holland zunächst in Hoorn befand. Als sich Amsterdam der Freiheitsbewegung anschloss, zog die Admiralität nach Amsterdam um und wurde nun Admiralität von Amsterdam genannt. In Hoorn entstand stattdessen die Admiralität von Westfriesland und Norderquartier, später nur Norderquartier. 1596 entstand dann noch die Admiralität von Friesland. Nachdem die Vereinigten Sieben Provinzen ihre Unabhängigkeit errungen hatten, gab es immer wieder Bestrebungen, alle Admiralitäten zu einer Admiralität zusammenzuschließen, was jedoch regelmäßig an den Machtinteressen der einzelnen Provinzen scheiterte, die einen Verlust an Einfluss auf die Marine befürchteten. So endetet diese kuriose Aufteilung erst mit der Besetzung durch Frankreich und der Gründung der Batavischen Republik.

Mirco Graetz im Oktober 2024